虎地貓

劉克襄 著

目次

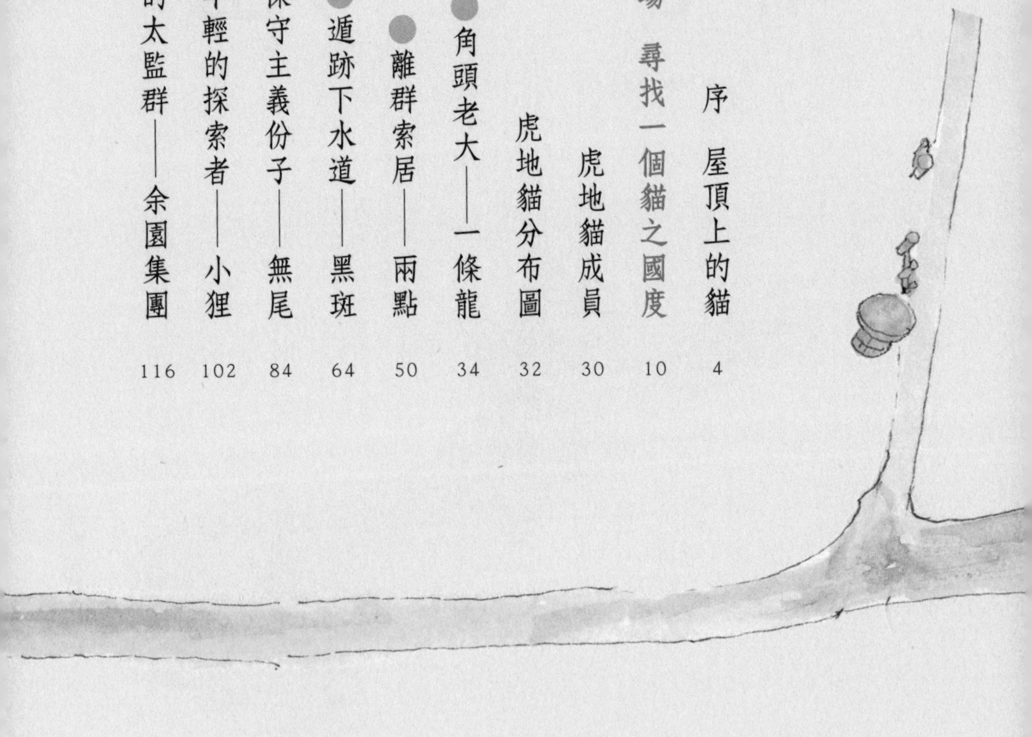

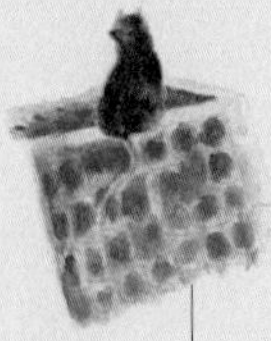

序

屋頂上的貓

　　知道小英總統是貓奴，我不禁莞爾一笑。看來再理性的人，回家擁抱貓咪，自己內心最柔弱的部分，還是會純真地展露。可見貓在很多人心中的地位，絕非其他動物可比擬。

　　但很抱歉，我還不全屬貓奴家族的成員。在回家的路上，遇到一隻街貓，我總有錯覺，彷彿在非洲草原遇到落單的獅子。第一個想問的還是，你是跑單幫的，還是集團的成員？

　　我這樣定定地看著，觀察街貓的形容，希望還有再見面

的機會。不只是意外撞見，還期待看到牠的多樣行徑。就好像邂逅一位遊民，不單是坐在街頭的角落，還想遇見他翻讀書報雜誌，或者跟友人一起分享食物。

長期在都市漫遊，定點拜訪幾個偏僻角落後，我摸索出一些觀察貓的心得。街貓的躲閃、狐疑和不安，時時提醒我，這座城市存在著兩種貓。貓從農村社會馴化到城市生活，跟我們一樣變成市民和遊民。很多人養貓，視如己出，但也有不少貓被遺棄，在外頭遊蕩。

當我們和家貓居住一起，不用任何言語，彼此撫觸都會衍生極大的安慰。貓和人的互動具有莫大的心靈療效，有時親密關係甚至超越家人。但我還是很難沉溺，只跟貓相處於一處密閉的空間，彷彿在外太空進行對話。

我總是回到另一現實狀況，想要關切城市街坊巷弄，那些惶惶於汙濁角落的街貓。平常牠們能吃到什麼食物，誰在

餵食，有無負起清潔的責任，或周遭環境是否適合。一家便利商店若販售的貓食特別多，我也會在近鄰的巷弄多繞一圈，看看附近是否為街貓集聚的重要場域。

街貓和遊民一樣，在街頭的日子過得相當艱苦。遊民很少跟我們一樣從容地持著咖啡杯，站在街上聊天、滑手機。不少人瑟縮著自己的艱苦，翻找著垃圾桶，不知下一餐在哪。街貓想必也有這種恐懼和壓力，經常貧瘦之形流露於外。是以，我完全理解，愛心人士固定餵食的考量。

因而，有時意外看到一隻貓，佇立屋頂，那是我在城市最喜歡看到的風景。

屋頂上的貓，絕非在覓食，也不是在尋找配偶。更不可能是蝙蝠俠佇立城市高點的孤獨和自負，想要肩負什麼責任。那是一種平凡的了然，知道自己在城市安身立命的位置。比較接近我們在某一個安靜的角落看書，暫時避開塵世

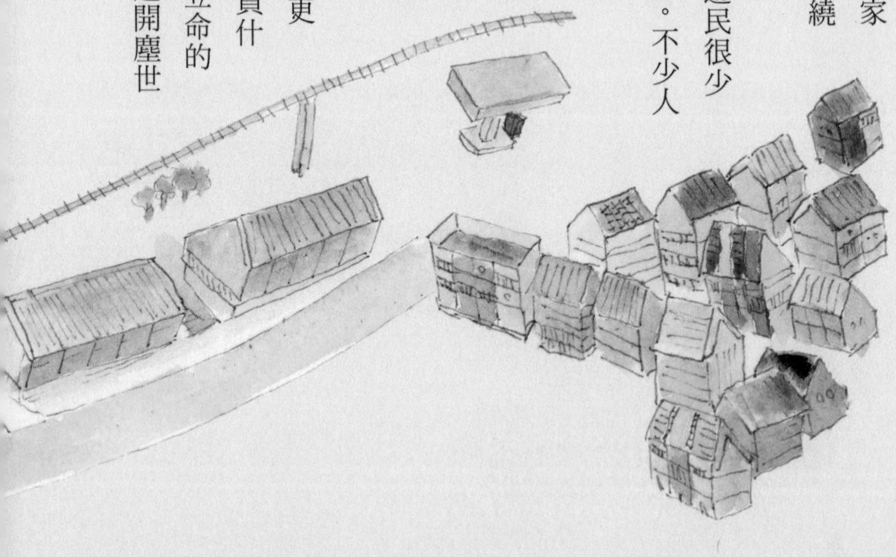

的喧囂。

那當下往往意味著，牠滿足於這個無所事事的時刻，而且正在盡情享受此一環境氛圍。至少有那麼一刻，不必汲汲謀生，毋須擔心食物。或者，絕無口炎、腎衰竭、貓愛滋之類的疾病纏身。

牠駐足愈久愈教人感動，甚而在那個位置趴下，翻露肚皮、舔毛都好。人在城市生活，有時追求的，未嘗不是此等從容。這個畫面，過去在農村、小鎮的環境，經常有機會看到，在城市卻愈來愈不容易。

讓一隻街貓飽足，充滿安全感時，我們便常能看到，站在屋頂上這樣美麗的風景。不管家貓、街貓，如此望遠的街貓，我當然希望，每一座城市都能邂逅。

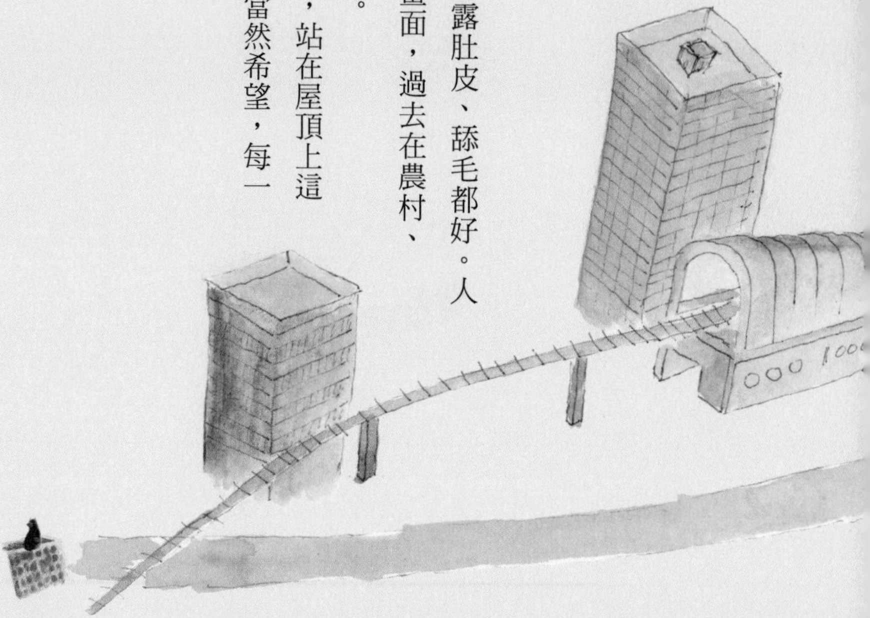

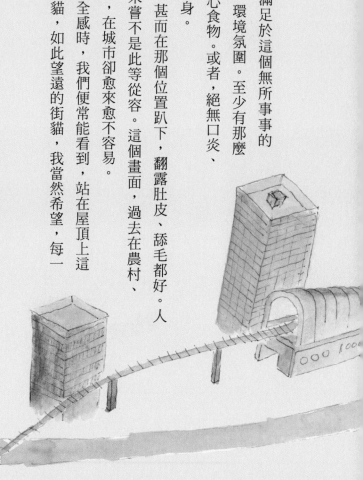

虎地貓的紀錄像一個衛星，一直在那裡，
我隨時可以去找到需要的資訊，進行各種對話，或者尋思更多可能性。
假如有另一個點出現，就能連結為太空站，出現更多豐富的面相。
「虎地貓」不一定在香港，也可以在任何一個區域。

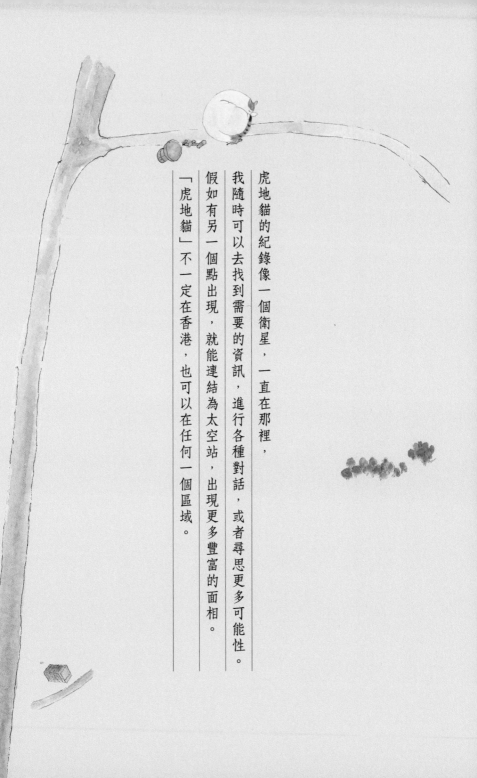

開場

尋找一個貓之國度

十多年來，我始終在尋找，一處可以和街貓對話的理想環境。尋尋覓覓多回，未料到，最後竟是在一處遙遠的異地，找到這一心目中的家園。遇見時，還是一大群。更有趣的是，那裡就叫虎地。

虎地之名，根據長時居住在那兒的鄉民口述，原先應該是爛泥的環境。以前放眼望去，荒煙蔓草的景象為多，遂稱為糊地。後來因為城鎮開發，為討吉祥，才改名為虎地，並非過去真有老虎。晚近又以同音，取名富泰，期盼它日後繁華。

貓者，小虎也。數年前，我受邀到此間的嶺南大學駐校，從冬日待到夏初。原本欲藉此

嶺大的貓意外打亂了我的田野踏查計畫，進而一窺街貓的堂奧。

機會摸索該地山區，完成自己在香港山野徒步的最後拼圖。不意，才一星期，校園裡密集的街貓棲息，打亂了我的踏查初衷。

嶺大是一處封閉的環境，前有開闊公路，背後緊靠香港最為荒涼、乾旱的山區。相較於旺角、金鐘、銅鑼灣等地，這兒根本就是香港的鄉野。若以台灣對照，有點像台北與平溪、雙溪的關係，距離也差不多。加上校園清淨，因而成為家貓丟棄的天堂。

當一隻貓搖首擺尾走過我眼前，還是慵懶地趴躺於草地，抑或集體豎尾前來討食，我總是禁不住誘引，停下腳步。想多花些時間，跟牠們做出長時而深邃的凝望。才去不到三四天，經過多回的校園走逛，我心裡已打算長時記錄。

過去，每到任何地點旅居，我習慣以自然觀察的角度，記錄各類物種的心得。校園裡的街貓多數係被人豢養照顧一陣後，再丟棄。我視牠們為都會化的野生動物，跟自然仍有一段距離，回不到那最原本的社會。牠們繼續和人保持一緊密的連結，但某一程度又疏離了。

原本閒散地記錄，筆記四五天後，我便發現此一微妙的狀態。不同街貓各有生活型態，經由簡單數據的分析，總會透露有趣的訊息。當數據累積豐厚，釋放更多訊息時，我轉而積極起來，想把這段旅居，記述為生活裡不可或缺的經驗，一窺街貓的堂奧。

我想觀察牠們如何在野外捕食，跟同伴互動，以及占領生活地盤。在台灣的鄉鎮，我青

愛貓人士在嶺大校園的固定地點放置飼料。

愛貓人士設置的貓窩。

嶺大有愛貓的社團。

睞過好幾個定點，卻常因人為干擾，或者遇到環境的劇烈變遷而失敗。這回因駐校，在大學校園密閉的環境，意外撞見這一理想中美好的貓之國度，無疑是旅居最大的收穫。

嶺大愛貓的人很多，固定照顧的也不少。走在校園，我毋須鬼鬼祟祟，更不用擔心，遭人誤以為行徑怪異。或者藉由固定的餵食動作，吸引街貓的到來。一個人不斷徘徊走廊，或者持個相機蹲伏、趴臥，大家都可理解。我因而能長時守候一地，多個角度觀察。我的關心可以集中於其他途徑，讓更多人認識街貓尚未為人知的特性。

此處既是虎地，我後來遂將校園的街貓，泛稱為虎地貓，做為跟其他街貓的區別。

我寄居的教師宿舍，位於校園南邊角落。教學的研究室，則遠在校園北邊馬路外。每天清晨，在宿舍用完早餐，我習慣走路到研究室讀書和寫作。

這段路程首先會翻越一座小山，我取名為雙峰山。再經過一座中式庭園，接著是廣場和現代花園，最後繞過游泳池，越過馬路到另一校區。

此段路，散步的直線距離約八九分鐘。但為了觀看虎地貓，我改採Z字型繞路。有時會繞雙峰山一圈，下了一個叫龜塘的小水池，再走進中式庭園徘徊。緊接，穿越廣場到現代花園駐足。每次我都要觀看好幾十隻，或者注意某幾隻最新的狀況，避免錯失對每隻貓進一步認識的機會。

中式庭園

龜塘環境

雙峰山北峰

現代花園

永安廣場

雙峰山乃一海拔不到五十公尺的小山，南北各有一平緩的圓峰，各自佇立高大青翠的林木。南峰海拔略高，樹林間有一隱蔽房舍，嶺大校長住在那兒。北峰則有一中式涼亭，學生很少上去，倒是常有貓隻趴臥。

中式庭園簡稱余園，中間有一大面積的池塘，放養了諸多錦鯉，旁邊多假山亂石的園藝造景，形成複雜錯落的環境，虎地貓集聚最多。廣場正對嶺大校門，名為永安，乃一開闊磁磚地面，對貓猶如沙漠。過了此即現代花園，乍看有些希臘殿堂的開闊和透視空間。而再過去，一道人行迴廊之後有座高大的水泥牆，牆後就是寬廣的游泳池。對虎地貓簡直就是海洋，活動領域的邊界了。

等認識的虎地貓愈來愈多，而且都有些熟稔後，我從宿舍出發，抵達研究室的時間愈拉愈長。沒多久，原本半小時的路程，經常要花上兩三個鐘頭。有時，為了一樁意外的插曲，我的行程便耽擱，甚而拖到中午才抵達。更有一些突發狀況，未過半途，因為中午到了，不得不再折返家裡用餐。

譬如，有隻貓可能瀕臨死亡，又或者出現一隻新來的小貓。這些都讓我的走路生變，耽擱了許多應該完成的寫作計畫。只是那天若剛好有其他外務或教學，無法長時觀貓，我難免又喃喃哀怨，自己的人生為何被這些貓所羈絆。

嶺大校園裡四處棲息的貓經常耽擱我的行程，羈絆我的心情。

偏偏，我又習慣一天走過三回，觀貓時間自是愈拉愈長，最後疲於奔命。基本上，早晚貓群用餐的時間，我都要出巡，此時常有愛貓人士現身。多半是學校一般的行政職員，但愛心滿滿。另一回巡視，有時選擇中午，有時在深夜。半夜時，學生們若在校園來去，看到我這等老師仍在長廊徘徊，便不足為奇。

我不只在外頭辛苦，研究室也貼滿貓的照片，貓群的分布地圖，以及流動狀況。駐校時，虎地貓初估有七十隻左右。兩年前，據說校園曾高達兩百多隻，幾乎都是外頭棄養，放逐到嶺大。後來經過學校的呼籲以及管理，控制到目前的穩定數量。

光是七十幾隻，我已覺得密集，到處有貓隻走動的身影。很難想像，過去兩百多隻帶來的麻煩，一來生活環境擁擠，容易製造髒亂。更害怕，若有一隻患病，可能帶來嚴重的傳染。所幸，學校行政單位還容許學生照顧，進而當作生命教育的一環。校園也非商業環境，空間清幽，例假日或有賞貓的遊客，但都是零星到來，並未形成像台灣猴硐般，湧進大量看貓的人潮。人為干擾減少了，貓的生活便安靜許多。

旅居四個多月的時間裡，每天為了要記錄龐雜的觀察心得，敘述每隻貓的習性和棲息位置。我不得不幫常見的貓個別取名，以便長期追蹤，同時以數字累積，做為行為的分析。初時，以為只要取個六七隻即好，後來發現貓隻的關係頗繁複，為了便於區別，愈取愈多，沒

為了追蹤記錄，我開始幫貓取名，最後數量高達五十多隻。

想到最後竟高達五十餘隻。有的未取名也知曉，總體說來，全校的貓都識得了。

這麼多貓，觀察時勢必出現不少困擾，還好現在有數位相機輔助。我隨身攜帶，每天拍攝眾貓的行徑。回家時，再利用影像比對，辨認街貓的特徵，判讀一些現場無法理解的行徑。

四年前，我還未旅居時，有一名女學生慧珊已在校觀察多時。我離開嶺大返台，她和另一位同學嘉晴仍繼續進行。她們不時拍照，錄影和追蹤，提供不少有趣的線索。後來我又回去兩趟，探看貓群。四年下來，變化雖大，有不少隻仍繼續存活。

透過大量照片的整理，仔細觀察貓的表情、身體狀況，我獲益甚多。有些在現場還不一定能發掘的行徑，經過反覆比對，常有驚奇的領悟，或者更細膩地了解牠們之間的地位，以及一些微小動作的含意。

當然，最主要的還是一群群虎地貓之間的關係。走訪兩星期後，我大致將走過的區域劃分為十個幫派，也約略能釐清牠們的互動，以及每個幫派集團裡，每隻貓的階級地位。

虎地貓各個幫派的形成，跟食物的取得有緊密關聯，次則為地理環境。若沒人固定餵食，縱使這樣寬廣的環境，都不可能形成龐大的族群，進而囿於一個小區域生活。一般鄉野若有學校的面積，頂多只有四五隻流浪街貓，分據不同領域。還不足一隻野生石虎（香港稱豹貓）的棲息空間。初時，校園裡有人關心這些丟棄的街貓，不斷餵食下，日後才會導致貓隻數量

有一些虎地貓關係緊密，形成集團度日。

逐漸繁多，最後形成幫派集團，占據各個空間。

街貓常因巷弄阻隔，影響了生活習慣和領域。虎地貓多集聚在校園，地理環境也成為重要因由。林木不少的雙峰山，明顯是一個自然分界點。廣場則像沙漠的橫隔，兩端的貓群較少互動。但有的環境標的並非那麼明顯，譬如現代花園裡有兩支幫派，但牠們彼此仍有一條不明顯的界線，生活在此一範圍的虎地貓都相當清楚。我們若長期觀察，大致也能劃出這條看不見的疆界。

大體說來，虎地貓的行徑介於熟知的家貓和街貓間，既有街貓的野性，又有家貓的親近性格。面對牠們，難以產生寵愛的浪漫想像。半野性狀態下，少有虎地貓會靠近人，發出戀人絮語般的咕嚕聲，或是蹭著你來去，展現若即若離的魅力。

人和貓的關係再度拉遠，但也非倒退回過去，反而是轉化。貓不再是家人，比較像都市遊民。牠閒散活著，彷彿百無聊賴，但也有少數，努力追求新的存活情境。牠們不盡然是我們認識的街貓，而是被遺棄在一個閉鎖的空間，彷彿在一個隔絕的星球，自成一體系，摸索著一個新的生活可能。

虎地貓之間因為過於緊密的生活，卻又那麼戶外環境，因而產生了不少我未在其他街貓身上發現的行為。在後續個別的貓隻介紹裡，我將逐一描述那特質。

貓食則是我觀察時，另一擔憂的問題，卻始終未浮出檯面。一群街貓被定點大量長期餵養，不管在世界哪裡，尤其是所謂貓之觀光景點，飼料的來源恐怕得詳加檢視。

以前，看到街頭小貓無人照料，我都不忍心，繞進超市去買貓飼料。餵養久了，不免順勢觀察。我注意到，一般超市和便利商店販售的貓飼料，價錢和品質差別甚多。在亞洲地區，多數寵物飼料以國外進口來源為主。

以虎地貓為例，由於數量眾多，餵養需要量大。愛貓人士捐錢買這類飼料，多半是大袋

紙盒盛裝的乾飼料最常見。

偶有牛奶提供。

大量添購，囤積於學校儲藏室。每早，只見警衛或校工拎著一桶桶，分批送到校園每一區的固定位置。

儘管愛心洋溢，這些飼料的成分不一定適合每隻貓，還有保存方式或添加物是否安全等等問題，若要關注周到，恐怕力有未逮。大家只能盡量餵食，生怕牠們餓著，間或疏忽了，牠們長期食用乾飼料，可能容易引發某些疾病。我雖未統計，但隱隱感覺，嶺大的病貓明顯多了一點。台灣的猴硐貓隻更多，病貓愈發嚴重。食物不良，過度集聚都是問題所在。有時看到，一些師生餵食剛剛買的新鮮食物，我反而感到寬心。

除了七十幾隻貓外，虎地有好幾種動物的棲息值得介紹，進而描述牠們和貓間的關係。校園不遠外有野豬曾經闖過，也有松鼠在校園東側的雜木林活動。我相信附近的山區還有不少蛇，有陣子上山去巡查，看過好幾回。但這些跟虎地貓群，應該少有交集。

我們平常想到，跟貓最有接觸機會的應該是老鼠，但我可以確切地保證，校園應該是最少老鼠的地方。至少，我不曾見過一隻。虎地上村有一群人家飼養的狗，到處亂跑，約莫五六隻，但也不可能跑進校園，因為學校管制相當嚴格。

大抵說來，校園裡的老大就是貓。天空偶爾有一兩隻麻鷹盤旋，但毫無影響。大家都認為貓是都會郊野最厲害的獵人，只是虎地貓似乎難以展現身手。這兒最常引發牠們興趣的是鳥類。

體型肥大，走路看似笨拙的珠頸鳩，虎地貓們最想獵捕。遠看時牠的行動如鴿子般緩慢，拍翅亦不快。相較其他小型鳥類，我若是貓也會選擇捉牠們。只要珠鵻鳩降落草地，貓們隨時都會睜大眼睛，蹲伏潛進。有時兩隻三隻貓從不同方向，試圖分進合擊，準備偷襲。但珠頸鳩再怎麼愚笨，虎地貓還是難以捕捉。牠們早在虎地貓欺近前，拍翅遠離。

只有一回，一隻珠頸鳩拍撲掠過廣場。雖是低空掠過，一隻中式庭園的虎地貓，自大岩石上跳起，試圖半空中撲擊。儘管失敗了，相信那隻珠頸鳩一定驚恐不已。

春天繁殖期時，白頰紅鵯特愛爭吵，經常相互纏鬥到掉落地面。不少街貓會隱伏靜觀，伺機突襲。時機對了，便迅速衝過來試圖捕捉。但此種鳥何等機伶，牠們想要逮著的機會也微乎其微。

香港常見的鵲鴝，校園也常出現。這種聰明如八哥的鳥種，貓看到了，都當作不存在。牠們若去追捕，只會被逗弄。後來我發現，麻雀甚少看見，但越過一條大路，離開校園的環境，街上不乏紀錄。我嚴重懷疑，麻雀們視這兒為禁區。

雖說鳥類不易捕捉，貓們還是會不斷地嘗試。那心境好像我們在街上，玩夾娃娃的機器。每次投入十元，都有一回夾起布偶的機會。雖說屢屢失敗，但因為錢花得少，總要試看看。

我雖未看過虎地貓獵鳥成功，但相信總有逮著的時候。又或者，牠運氣極佳，剛好遇到生病或瘦弱不良飛行的鳥，掉落地面。

捉鳥不易，但捕魚似乎較有機會。中式庭園的池塘旁，常有貓嘗試捕捉錦鯉。成功的機率或許不高，不小心還會摔進池塘。有時卻看到岸邊，出現完整的魚骨頭。另外有一小池集聚了烏龜，虎地貓也甚感興趣。但烏龜何其機伶，不要看牠們平時走路緩慢，躲避時速度之快，常讓貓望水興嘆。

虎地貓什麼都要挑釁，甚至獵捕，但校園裡有兩種動作緩慢的小動物，牠們始終不敢掠其鋒，分別是黑眶蟾蜍和亞洲錦蛙。

二月起，黑眶蟾蜍開始交配繁殖，校園的溝渠和水塘裡廣泛分布著這種眼睛有細微黑眶的癩蝦蟆。此時，雄蛙慣常發出嗚亮的「咯、咯、咯、咯……」的求偶叫聲，雄蛙緊抱雌蛙的情景也到處可見。牠們和幼年期時的蝌蚪都有毒性，虎地貓甚是清楚，根本不會去碰觸。

我看到蟾蜍在草地上緩緩跳動，虎地貓雖會過來探視，但連撥弄似乎都不敢。以前，在台灣看過一兩回經驗生嫩的貓隻試圖咬蟾蜍，結果旋即暈倒，過好一陣才醒來。這情形還算好的，我聽說還有些中了蟾蜍的毒液，當下就死亡。我想虎地貓們都會傳授這種訊息，再怎麼好奇，什麼都可騷擾，就是蟾蜍碰不得。

四月以後換成叫聲宏亮的亞洲錦蛙。此蛙乃狹口蛙家族，長相呈三角形。天黑之後，鳴叫可吵翻整個校園。亞洲錦蛙不僅聲音宏亮，還懂得爬樹，藏身於樹洞中。更善於挖掘，利用足部挖洞，僅需數秒鐘即可將身體埋入土中。如今在台灣也出現，成為麻煩的外來種。

在香港，牠們可是本地尋常物種。受刺激時，往往會鼓氣，甚至分泌白色毒液，因此幾無天敵。至少虎地貓都不敢接近，任其從容跳過，甚至避開。

基本上，虎地貓並未脫離跟人的依存情感，只是回到半自然的環境。因為距離稍微拉遠

巴西龜

黑眶蟾蜍

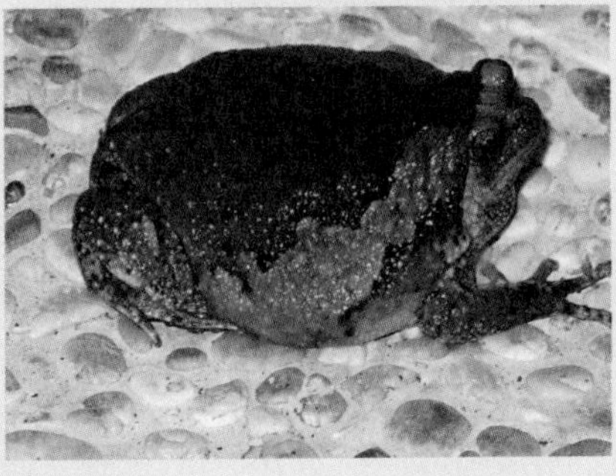

亞洲錦蛙

了，發展出奇怪的生活型態，我不知如何形容。有一部分核心成員，諸如余園和龜塘的貓隻，或許是比較接近紫禁城太監們，那樣老態龍鍾型態的生活吧！同時，因為太依賴人類的餵食，卻缺乏悉心照顧，背後彷彿隱藏著某些陰影。

我一直以為，牠們更瀕近與死亡為伍。一個看是美好無憂的生活環境，或許不會有食物供給的問題，但因為族群密集，某些疾病和食安的風險，始終是潛伏的巨大威脅。

但又有一派虎地貓，彷彿江湖浪人，到處遊走，不願意死守一個環境。雖說數目較少，卻把貓的獨特性，帶出另一個極致。彷彿連結著古老時代。過往野貓的習性，仍在牠們身上隱隱躍動。

過去我對家貓的美好想像，恐怕也都要推翻。好像要回到非寵物的某一個階段，而不是繼續以人和貓之間的依存關係認知。牠們和我們不再是那既疏離又親密的關係。更不是看透你的靈魂，那樣的靈性動物。牠們把自然又帶回來，把我們的情感退還。

長時觀察虎地貓後，我將牠們區分為兩大類型，一種是跑單幫的，另一種屬於幫派集團。這些小虎們擁有各自的生存策略，還有努力爭取地盤的生活方式。

虎地貓各自有生存的策略。

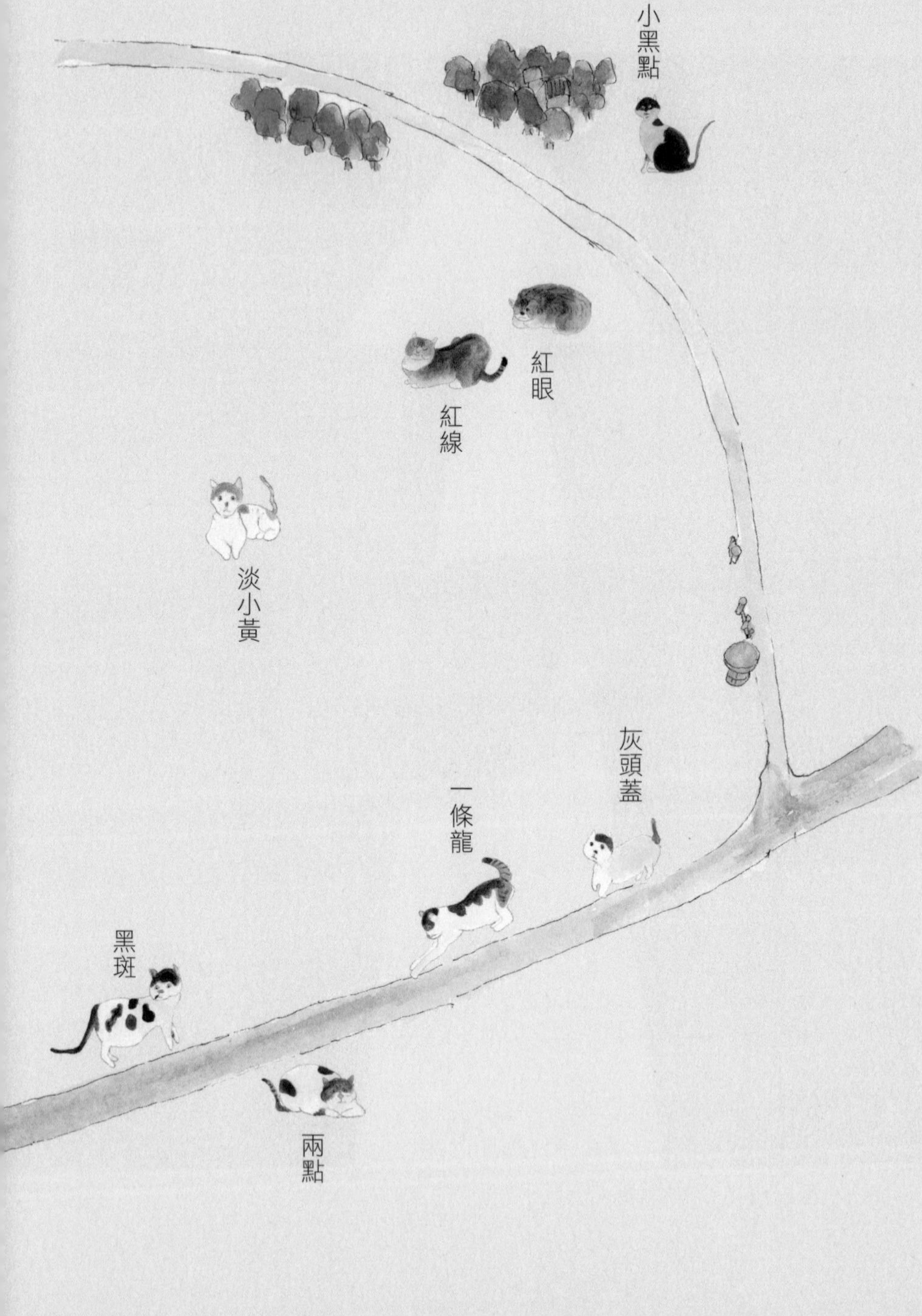
小黑點
紅眼
紅線
淡小黃
灰頭蓋
一條龍
黑斑
兩點

虎地貓
成員
無尾和草原虎
灰毛
草原獅
無尾
白臉集團
陌生客
小狸
三條
小山果
小白嘴

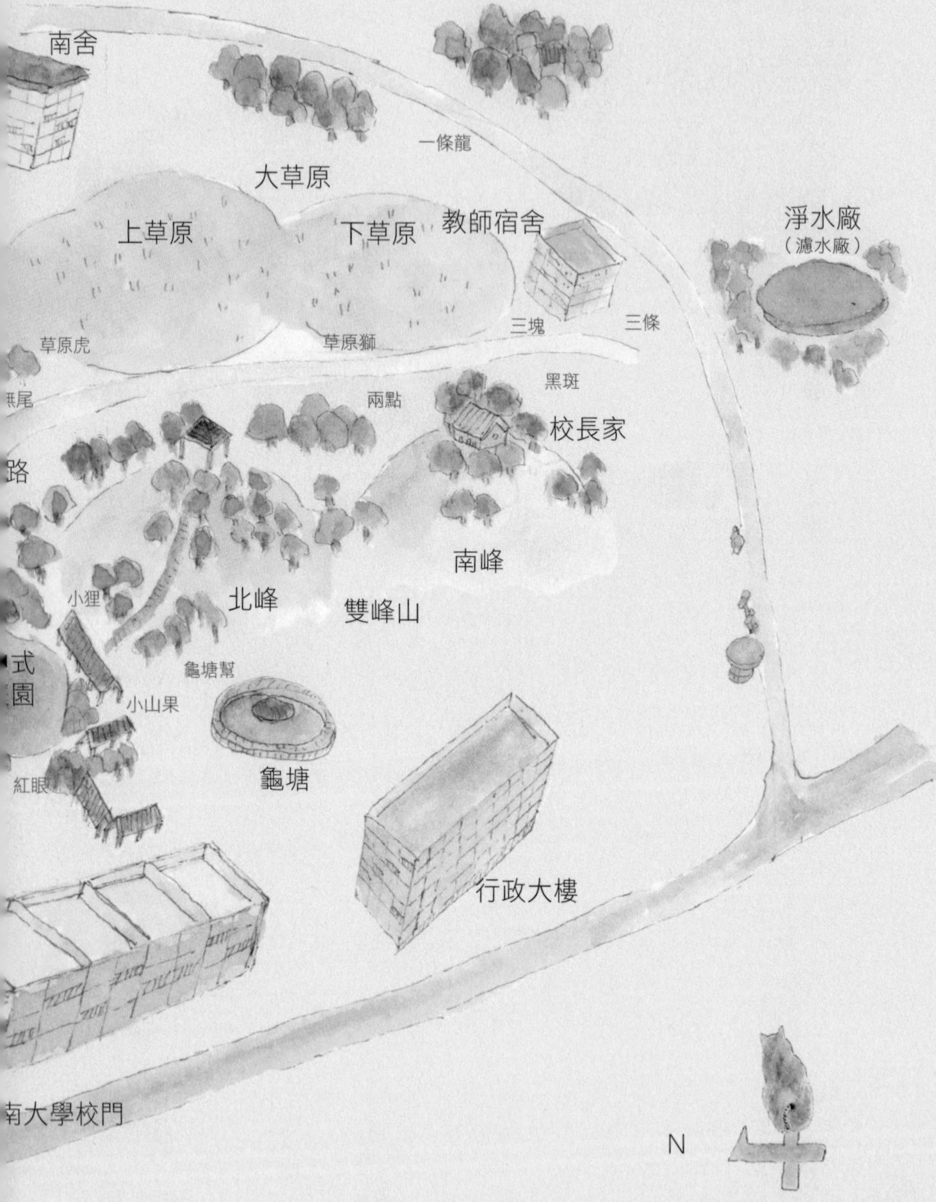

南舍
一條龍
大草原
上草原
下草原
教師宿舍
淨水廠
（濾水廠）
三塊
三條
草原虎
草原獅
黑斑
兩點
校長家
路
南峰
北峰
雙峰山
小狸
鑑塘幫
小山果
龜塘
紅眼
行政大樓
南大學校門
N

虎地貓分布圖

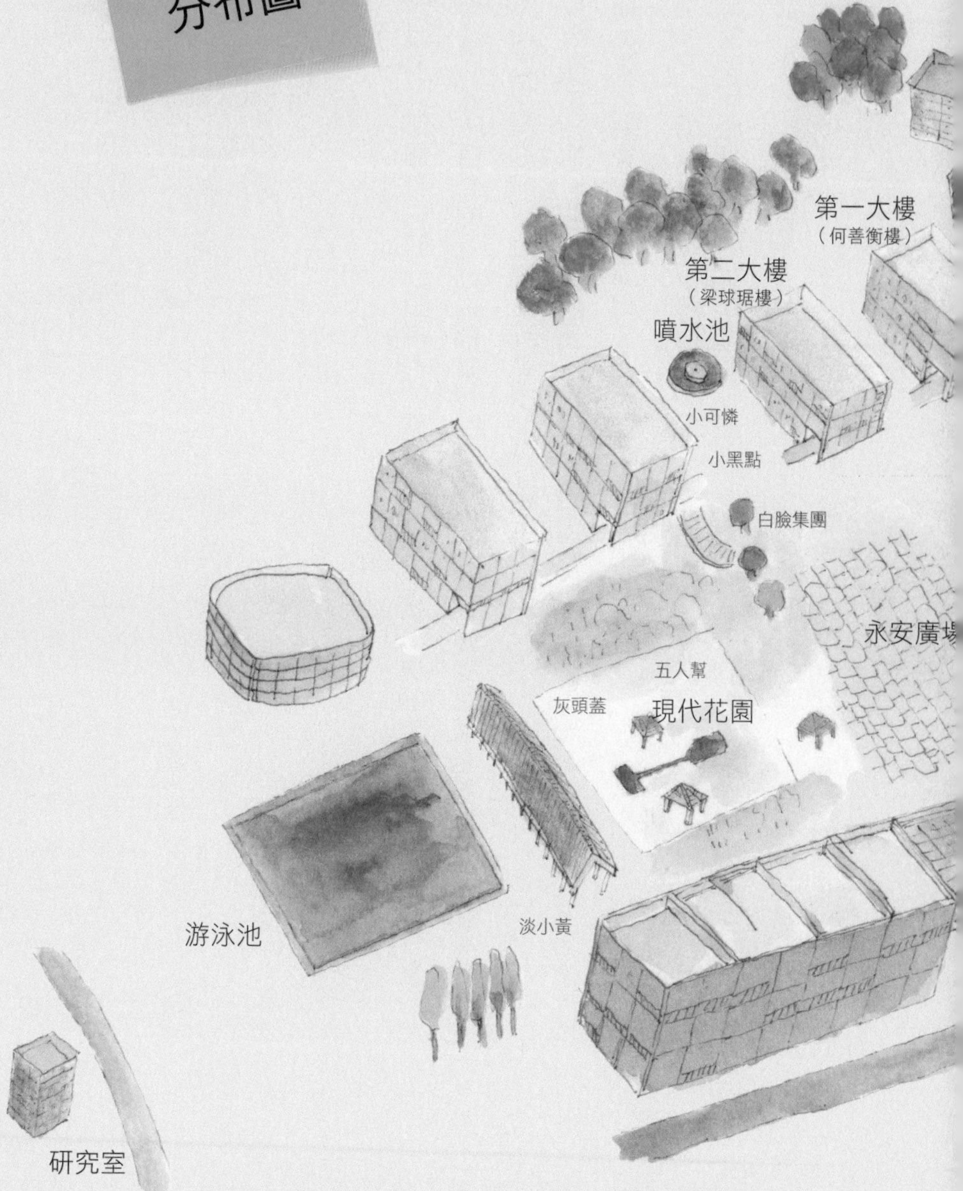

第一大樓
（何善衡樓）
第二大樓
（梁球琚樓）
噴水池
小可憐
小黑點
白臉集團
永安廣場
五人幫
灰頭蓋
現代花園
游泳池
淡小黃
研究室

角頭老大
一條龍

公貓一條龍，背部擁有三塊面積不小的黑斑。因為連結一塊，乍看彷彿套著一件緊身黑夾克，胸肌隱隱展露。粗壯的尾巴更偏愛不時高昂豎起，儼然象徵著權勢的手杖。不論行走在曠野，或者接近集團領域，牠總是如此高調出現。

虎地貓多數都已結紮，並接受餵養，最後倚靠不同的集團，集聚一起生活。未結紮的牠獨來獨往，長距離走動著，既不靠行，亦不同棲。

有時在遼闊的草原，只見牠大步走著，空無一貓，情景甚是蒼茫。但也是這等空曠之情境，我才重新感受什麼是真正的貓科動物。或者，過去在鄉野遇見野貓的倨傲和孤僻，終於在其身上具體感受。

貓的形單影隻也有類別，但牠絕對是強勢的孤獨者。強勢更意味著，掌握的領域面積廣

一條龍背部的斑紋很有個性。

大。幾個月長期觀察下來，從出現的位置比對，我發現，牠是虎地貓裡領域最為遼闊的。

根據哺乳類學者的野外調查，一般野貓的領域約莫有一公里方圓，甚至更大一些。七十多隻虎地貓裡，泰半緊守在籃球場大小的方圓，在裡面的空間上下鑽探。多數虎地貓更因食物豐裕的關係，不僅縮小棲息範圍，也能容忍其他虎地貓一起生活，接受彼此的領域重疊，相互倚賴。

在貓隻稠密的校園，一條龍竟擁有接近一個半足球場的領域，可見其霸氣。有些貓或許也能來去多個地方，而且橫跨近一公里，但像牠這樣走到哪裡，都儼然如角頭老大的我行我素，委實不多見。

一條龍漫遊的勢力範圍除了大草原，還涵蓋雙峰山的林子。校園之外，過了馬路，有一龐大淨水廠環境。虎地貓罕見到來，唯一條龍出沒如家宅後院。其他貓都守在小小的領域裡，很少在校園到處奔逛，更遑論會越過馬路。一條龍為何能居於高階地位，絕對與此有關。

一條龍顯然也未受食物支配，乖乖地屈從於飼料放置的角落。或者受到食物的牽引，到了餵食時間便固定出現。有時，大家結束進食，牠才從大老遠的草原或郊野林子冒出。翻山越嶺，抵達食物放置的地點，快速吃完便離去。其他貓養成依賴，吃飽了，乾脆就在附近棲息，方便下回的進食。如是慣習，明顯受到食物的制約，不知不覺淪為集團的一員。來去如風的一條龍，明顯在此一體制外。

如果沒有食物的供給，貓集團會散去，數量也會銳減，只有少數的貓會存活下來。在尋常的城市郊野，多數街貓像一條龍般活著。但在嶺大師生們的定期餵食，呵護照顧下，虎地貓不虞食物匱乏。集團裡的貓非但吃得肥胖，縮小活動區域，更因缺乏運動，多數行動略嫌遲鈍。

一條龍除了難以掌握行蹤，更有獨一無二的行徑。牠喜歡一邊走路，一邊嚎叫。那叫聲粗啞囂張，儼然如領域的宣示般，或是告知著自己的到來。至少在春天時，牠走到哪，便叫到哪。此一怪異喵聲，充滿挑釁的驕傲感，超越了我所認知的貓叫行為。

教師宿舍後頭的空曠草地，臨時堆置許多廢棄的木料和鐵桶。有陣子，夜深時那兒固定會傳來牠的大聲喧嚷，我因而不難發現牠的出沒。透過這一囂張叫喊，更確信牠擁有相當高階的地位。

暑夏的燠熱到來前，一條龍幾乎是邊走路邊嚎嗥，多數虎地貓都懼牠三分。肚子餓了時，一條龍最常出現的覓食區，大抵在雙峰山西側的小水池。那兒約莫有十多隻巴西龜棲息，因而被學生戲稱為龜塘。龜塘幫的貓幾乎都吃過牠的虧，什麼灰毛、半白和紅耳等，都被牠威嚇或攻擊過。

每次一條龍經過，集團的成員看似悠閒地趴著，眼神都不約而同朝牠的方向緊盯，不斷投以畏懼的目光。就怕一不小心，讓牠挨近身邊，展開無情地攻擊。牠們總要確定一條龍遠離，才會安心地繼續自己的活動。

偏偏一條龍常變化路線，無預警地從南峰西側走下。有好幾回，忽然便佇立在龜塘幫面前。牠們若在休息，常措手不及。只能繃緊神經，完全不敢造次。接下，轉而專心地看著一條龍的動作。懦弱者更嚇得弓背彎腰，縮皮豎毛，隨時準備逃命。

一條龍也很講氣魄，一旦決定修理對手，絕不會隨便偷襲，而是緊盯著對手仔細打量。一邊搖起粗尾，彷彿揮著權勢的手杖，晃著晃著，充滿強大的恐嚇。那種不懷好意，好像是在責怪，「你怎麼會在此？」「這是你可以隨便來的嗎？」

角頭老大在你家隨便翻東擾西，大概便是如此，而你卻噤聲不語。若是其他虎地貓，都不致如此狂妄。萬一真有誤闖進來的，勢必也會遭到龜塘幫的威嚇。

一條龍攻擊對手的方式更是粗暴，通常不到十幾秒便無情地展開。牠會先以假動作挑釁，端看對方反應。多數虎地貓會害怕而奔跑離去，此時牠再從後驅趕。但有時，牠真會伸爪，蠻橫地向對方劃過。緊接著聽到，其他貓發出淒厲哀嚎的慘叫聲，快速逃離現場。

一隻貓會讓對方害怕到這樣的驚恐，顯見牠真的兇悍至極，或者在攻擊對手時絕不留

一條龍（左前）行經龜塘時，龜塘幫成員皆繃緊神經。

一條龍的尾巴粗壯。

情。龜塘幫成員對牠如此卑躬屈膝，想必都嘗過一條龍的教訓。

所幸一條龍只是快速地威嚇，當對方害怕地離去時，牠便鬆手，逕自在原地翻滾休息，十足無賴而頑皮。一條龍也非每回都脾氣暴躁，非得欺負其他貓。假如吃飽，牠也偏好就地休息。

牠會生氣，多半在空腹時，其他貓又不小心，剛巧橫擋在牠眼前，或者倒楣地剛好躺在牠即將走過的路上。龜塘幫最大的隱憂和威脅，彷彿只來自一條龍。

不在龜塘幫的區域活動時，一條龍當然還有其他棲息的位置，而且不時改變。此時，一條龍的視野更大，每天好像都要忙著巡行一回。牠所行經之處，只有少數貓不怕牠。

譬如母貓黑斑，也是跑單幫的成員。牠的領域跟一條龍接近，只是未跨出校園。有回凌晨，黑斑趴在南峰草地，聽到一條龍的叫聲並不為所動。我隱隱感覺，兩者間有一彼此尊重，互不干擾的關係。

還有大嘴，乃中式庭園眾貓地位最高的一隻。有回牠和一條龍在北峰撞見，兩者相敬如賓，各自趴臥在階梯休息，保持一段距離。但大嘴會不自覺地轉頭，觀察一條龍在做什麼，顯見對牠沒安全感。一條龍則自在地翻滾著。

一條龍若有朋友，應該是公貓三塊了。這隻毛色混雜的三花貓，皮毛不整，看來相當羸

大嘴（下）和一條龍（上）保持距離，各自休息。

一條龍接近三塊。

三塊是一條龍的朋友。

弱，彷彿有腎衰竭之前兆。牠經常在大草原趴躺，有時到南峰附近。

兩隻貓相遇時，一條龍勉強接受牠，並臥在不遠處，但還是有點距離。我想三塊一定跟牠是舊識。但三塊不屬於龜塘幫，多半和三叉路的貓聚面。

最常遭一條龍修理的，應該是三條。牠是跑單幫的，偶爾接近龜塘幫，跟牠們一起等候食物的到來。但多數時候獨自行動，常跑到教師宿舍後院。

偏偏一條龍每天總會去三四回，在一些木板堆疊的地方休息，或者過夜，那兒彷彿才是牠的別墅。有陣子三條也在此蹓躂，但時常遭到一條龍的干擾或者攻擊。

我剛好從樓上眺望整個過程。初時，三條採取躲閃的方式。聽到一條龍的喵叫接近，確定其方向後，都會悄然地從另一頭溜走，盡量不與牠碰頭。

等日子久了，三條膽子放大。有回早晨，我看到牠逐漸接近，在離一條龍兩公尺外，跳上一座大鐵桶，觀察一條龍的動靜。一條龍在酣睡，未理睬牠。三條才敢安心趴躺。中途，一條龍醒來，張腿伸懶腰，三條也跟著緊張地醒來。一條龍睡眼惺忪地繼續酣睡，三條也再次慢慢地蹲伏，頭仍朝一條龍的方向注視。

但這次的互動是例外，一條龍還是未接受牠的存在。有次，三條躲進木架洞裡休息，再次遭到牠無緣無故地挑釁。一條龍從木堆上端，不斷地以爪子挑逗三條。三條緊張地以爪子回擋，怕牠闖進洞裡。一條龍玩累，直接在上頭趴睡。過了一陣，再走到另一角。許久後，三條悻悻然地夾尾，快速離去。

一條龍在校園裡總是避人遠遠，保持高度警戒。牠的領域涵蓋了淨水廠，此一能力委實不易。那是學校最南端，必須跨過一條寬度十公尺左右的馬路。馬路旁邊有家廢棄物工廠，每日有砂石車吵雜進出。附近還養了五六隻狗，從不繫鍊子。任何貓現身馬路，都會被追逐噬咬。一條龍想必熟諳這些狗的習性，才能輕易地出入，避開此一每天都可能出現的危險。這兒也是其他貓較為忌諱的地帶。

談及一條龍的領域，更非得談牠經常走過的大草原。此區，約莫足球場大，分上下兩塊。一條龍主要在下草原出沒，上草原較少前往。上草原屬於三叉路草原幫和花叢幫貓隻活動的區域，牠還不致於如此囂張。有回，牠在那兒吃飼料，明顯地小心翼翼，似乎透露了此一端倪。

一條龍經過下草原時，常機警地沿著左右兩條水溝前進，而且是走在乾的溝渠裡面。溝渠如戰壕，我猜想貓們也懂得藉著水溝的凹陷，避免自己全身暴露。多數常在草原活動的貓都深諳此一常識，平時活動也在草原邊緣，沒有虎地貓敢明目張膽地橫越。

綜觀之，一條龍最具備流浪貓的性格。牠的體型中等，不像其他集團裡的貓往往過度肥胖。走路充滿自信，沒什麼害怕。其他貓若離開自己熟悉的範圍，或者闖入陌生區域，總會畏首畏尾，狐疑著隨時將遭受攻擊。但一條龍老神在在，到哪裡似乎都可輕鬆地趴下，翻個身，打回滾。安然地小睡一陣，醒來後，梳梳皮毛，再喵叫著離去。

冬末時，牠不斷鳴叫，到了夏初，卻嘎然無聲。何以如此，原因很難斷定。但安靜後的牠一樣兇悍，繼續對其他貓不客氣。龜塘幫的貓群，繼續受其迫害，繼續在其突然冒出，高豎尾巴的陰影下生活。

一條龍為何不接受餵養，待在龜塘旁當大老，寧可繼續遊走各地辛苦奔波，大概就像人一樣，總有這類型，就是偏好四處晃蕩，不願意執守一方。但牠不是浪子，而是領域範圍寬廣的虎地大咖。更不是那種老是待一地，睡了醒來，舔撫自己，沒事又繼續睡去的貓。

一條龍具備探險和統治的性格，多數貓領域小，更不敢離開校園環境。牠總是要到處走走。唯有走很長的路，漫遊自己的領域，每天巡視那麼一回，才能安心和滿足。我猜，牠是山羊和白羊兩個星座的混合體。

一條龍我行我素，霸氣十足。

一條龍經常利用雙峰山的乾溝行動。

一條龍常半路停下來嚎叫。

一條龍（左上）和三條（右上）都喜歡盤據在教師宿舍後院的廢棄木板上。有天三條察覺一條龍回來，準備溜走。

一條龍登上最愛寶座，三條在外圍觀察情勢，牠繞路躍上鐵桶，小心注視一條龍。

一條龍

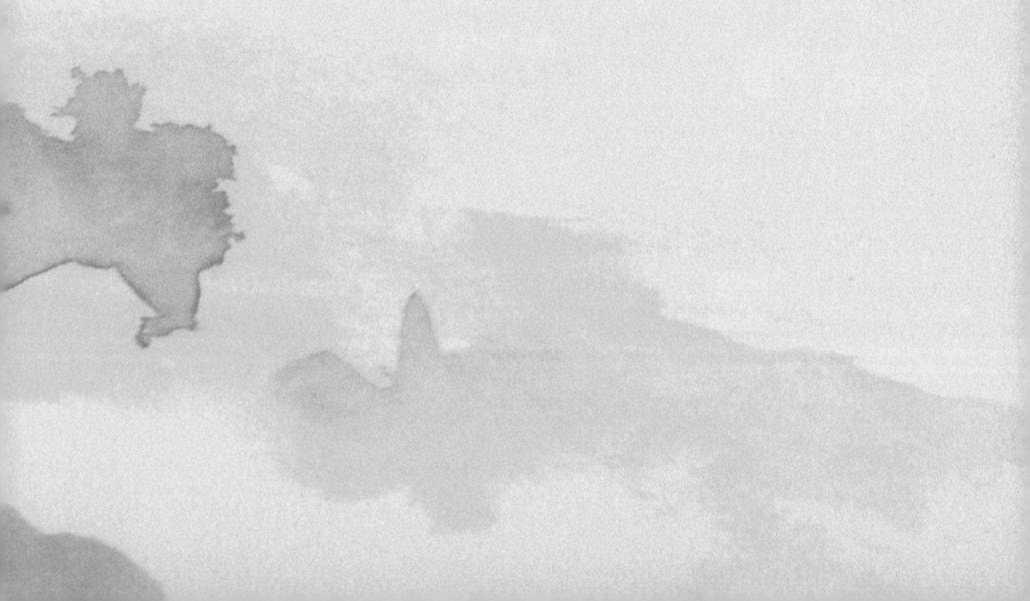

牠的長遠距離來去
還有君父般堅決的強勢
不僅是為了威嚇
還清楚地劃出自己守護的範圍

離群索居

兩點

冬末進駐校園，除了嚎叫的一條龍，兩點是最早吸引我注意的虎地貓。

每早從教師宿舍出門，我習慣沿馬路翻過雙峰山，走進校園的辦公大樓。才要走上山，兩點往往即趴在南峰山坡地。

那時牠已很瘦很瘦。好像挨餓了許久，一副沒有吃飽的形容，但還能緩慢走動。整個校園，到處都有愛貓人士供應的飼料，初時真不知牠為何如此羸弱。

遠遠眺望，牠衰竭髒汙的外貌，彷彿也歷盡風霜。兩塊身上的大黑斑，更像年代久遠的牆壁油漆逐漸褪色、剝落。白貓身上擁有黑斑者，校園裡並不少，不易分辨身分。但觀察久了，知其領域位置和個性，三四十公尺外望見，幾乎都可以判斷是誰。

兩點的眼睛最教人困惑，初時遇見還炯然發亮，但遇著沒一星期，彷彿看透人生，再怎

兩點的黑斑像掉漆。

初遇時兩點雙眼還發亮。

後來兩點眼睛常半開。

麼努力都只願意撐開一半。多數街貓瞇眼休息，一遇狀況，瞳孔隨即放大，展現機警避敵的眼神。甚而弓起背脊，準備應付即將發生的事情。我接近時，牠卻愛理不理，繼續放軟身子。那種沒力氣，隱隱然像要放棄全世界。

我更大的不安是，牠毫無伴侶，徹底地落單。

虎地貓多數都有夥伴關係，不管疏遠，泰半會結黨。十幾個小集團裡，像牠身子一樣萎靡的也有三四隻。但牠們彷彿有集團依靠，可以輕易獲得食物，繼續在掌握的領域裡生活。兩點縱使出現在一個集團旁邊，明眼人都會察覺牠的格格不入。像兩點這樣不靠行，個別活動的又有好幾。譬如一條龍領域開闊，善於欺凌他貓。也有天性害羞，才恢復野性的。又或者，遭遇棄養，初來虎地，仍在摸索來日者。

兩點皆不是那樣的棲息狀態。牠彷彿老貓一隻，遊魂一具。在此生活好一陣，跟近鄰集團都有些交往。只是愈來愈瘦，連覓食都無精打采，便逐漸遠離團體。彷彿修道多時，要成仙了。

翻過雙峰山下坡後，有一三叉路。兩點有時會接近那兒吃點什麼，再折返我們初遇的南峰山坡。此地分屬草原幫和花叢幫。凡集團之形成，必因食物而起。又因地理環境，屬性不一。兩幫貓群常相互偎依，形成小圈圈，都不太搭理兩點。

兩點身形愈來愈消瘦。

後來有一回，在雙峰山西側，我再次遇見兩點。若從宿舍這邊翻過雙峰山，大約要走一百五十公尺。那一回，說不定是我認識牠以來，走得最遠的一回。

翻過山，山下有一水塘，集聚了六七隻龜塘幫的成員。水塘旁邊即行政大樓。行政人員沒事便出來餵食，牠們跟人群的關係最為穩固。早上六點多，校警固定在龜塘前的大樓廣場集合。貓們也零星靠攏，或趴或蹲，環繞龜塘，等待其中一位警衛取貓食餵養。

這名警衛跟貓也很熟。早晨集合時，他會順便準備飼料。儘管跟大家一樣身著藍色制服，貓們遠遠便認出他的身影，紛紛起身、豎尾，趨前表示友好。

兩點停留山腰靜候許久，等眾貓吃完，我以為牠會下山撿拾剩餘的食物。怎知，牠似乎感覺什麼無奈或絕望，反而孤獨地往回走。那轉身的背影，便愈加清瘦。我浪漫地想像，牠可能是此地的成員，回來做最後的探望。

後來，我最常碰見兩點的地點，還是宿舍出來的南峰東側，草地稀疏的斜坡。那時牠已不太走動，總是孤伶伶地趴在草叢中，長時間瞌睡。早上去時，趴著晒暖陽。下午時，仍在那兒，意興闌珊地閉眼，似乎沒什麼事比這樣的趴躺更重要。有時，暖冬如夏日，溫度拉高，才會移到陰涼的地方。

蝴蝶飛過眼前，貓們都會被挑動神經，極欲追捕。牠卻連好奇仰頭注視的樂趣都未展現。

兩點好像禪定於某一冥想世界，看什麼都是蝶，或看什麼蝶，都是自己。

東側斜坡並非牠專屬的領域，其他喜愛跑單幫的虎地貓，偶爾也經過。譬如一條龍，對牠根本視若無睹，彷彿此貓早已不存在。有回牠走過，我彷彿看到一位黑道老大，經過了化緣托缽的老僧旁。

對多數貓而言，我恐怕也是某一種壞人。雙峰山居高臨下，乃一充滿自然草木的野地。一個人若出現在這樣的環境，簡直像人持了獵槍走進來。貓絕無法忍受此一壓力，勢必早早離開。縱使我躡手躡腳，生怕吵到什麼，貓還是不領情。黑斑、三條或三塊皆如此。但兩點好像了然，不介意我接近，縱使僅剩咫尺之隔。

這些林林總總的情形，透露了某一現實訊息，剛好跟我的浪漫想像相反。兩點在此想必有一段時日，階級地位不低，只是喪失生活能力。也或許，牠正值壯年，但患了一個不明的病，因而日漸衰弱。

沒多久，我即明白，牠之所以如此消瘦，可能是得了腎衰竭。這是許多貓非常容易罹患的疾病。家貓若患了，還有機會帶去動物醫院控制病情。街貓在野外過活，多半缺乏照顧，只能聽天由命。運氣好的，或許病痛少一些。多數只會日益惡化，進而不治。

嶺大校園裡，七十多隻虎地貓裡，初見時統計，患有此病者約莫四五隻。有此病不見得

兩點孤伶伶地趴在南峰東側草木稀疏的斜坡上。

會被其他貓排斥，或被迫在覓食區邊緣的地方漂移，主要還是取決於貓自己的地位和個性。

兩點後來常去三叉路，大概那兒的地域比較模糊，覓食圈重疊，較有機會獲得食物。若是在其地區域，可能會受到排擠，或者因路途遙遠，不易前往。

我大膽揣想，三叉路離雙峰山最近，牠可以很快回到南峰東側的草坡地休息。遇到危險狀況接近，也能隨時躲入周遭的下水道，避開可能的干擾和危險。

像兩點這樣孤獨，跑單幫，在雙峰山東側活動的，還有黑斑、一條龍等。牠們的活動領域，遠遠大於集團貓。

多數集團貓生活在食物豐沛的地方，很少會遠離覓食的環境，泰半拘泥於籃球場大小的空間。在此一小小環境裡，每天等待食物的供給，閒暇時在此一小小空間裡，捉蝶探蟲，或試著捕魚獵鳥，過著小領域的快樂日子。但跑單幫的傾向居所不定，往往不會在一個地區滯留太久。兩點最後一直趴臥在東側斜坡，顯見牠被虛弱的身子絆住，缺乏遠行的能力。

初來時，兩點看到我迎面而來，還會起身，鑽入下水道，不想搭理。一個月後，我設法接近時，牠似乎連抬頭都有些困難了。我更加確定，牠已來日無多。但牠選擇一個視野開闊的位置趴躺，面向馬路，而非陰暗之角落，彷彿在展現最後的尊嚴。

雙峰山南峰大樹環繞，林木茂盛。有一天，兩點橫向移動位置，居然趴伏在校長家前的大門，儼然如家貓在烘晒暖陽。那幾日，我還自我安慰，前些時恐怕是誤會了，牠應該還能繼續支撐度日。

等我更有機會趨近，才清楚發現，牠的眼睛發炎，長了膿瘡之類，濕黏黏的，彷彿要看到世界外頭都很困難。而我也恍然明白，那是牠愈來愈趴躺著不動的原因。

有天接近午夜，經過三叉路，深更半夜還有隻貓就著牆角的紙盒，仍在啃食飼料。不禁好奇探看，竟是兩點。牠趁大家都不吃，又挨近這兒。食用後，元氣似乎稍稍恢復，搖擺著

兩點死前一天。

兩點最後一日。

兩點死亡。

瘦弱的身子，勉強地拖回東側斜坡。整個晚上牠繼續趴在草原，不只是白天了。

我再度陷入過去的不安。隔天清晨，經過斜坡，未見牠的身影。我有不祥的預感，繼續往前探查，經過校長宿舍仍未發現。接近三叉路時，水溝邊的土坡，一隻髒汙的白貓趴著。不消說，一定是兩點。

天才濛濛亮，光線還未明透，我卻被嚇到了。兩點的病情更加嚴重，整個臉濕黏成一塊，眼睛部分彷彿被某一膠狀物質沾染，幾乎無法睜開。那物質又似乎是自牠身子排出，因而擺脫不掉，其下頦亦沾滿潮濕的泥土，糾結成團。

那淒慘的表情，真的難以形容，心裡只浮上一個念頭，沒指望了。根據獸醫師的說法，這是腎衰竭的最後徵兆。想要搶救，都來不及了。

但望著望著，我又覺得牠沒放棄生存，在我挨近時，又努力睜開眼，盡最大的體力對我瞧著。只是這一使盡力氣的凝望，彷彿是最後的覷看。牠慢慢地又閉上眼，幾乎是斷然垂首的姿態，不再搭理這個世界。此地離三叉路第一個食物放置區，木麻黃樹下，僅剩三公尺。牠似乎要走到那兒，卻無力抵達。

中午時，我抽空從研究室出來探望，發現牠仍趴睡在那兒。到了晚間十時，離開研究室，再趕去探望。但我還未走近，擺置貓食的木麻黃樹下，橫躺著一隻白貓。白天時有些貓也愛橫躺，一副難看的死相。但接近午夜的山坡地，絕無可能有此狀態。

有貓如是，時機不對。望著這團白，我全身一陣不安地顫抖。趨前細看，果然是兩點，嘴巴張開，僵死了。看來中午以後，牠設法抵達這兒。牠努力完成，但力氣也放盡。是為了食物嗎，還是只想在死前靠近一個貓群的社會，而非孤獨地病歿在雙峰山上？兩點留下了一個不易解答的謎。

這是初來虎地，認識牠一個月的觀察。兩點用牠的最後餘生，教我一堂街貓貧病交迫的生死學。

雨點

勉強睜眼
還是看不到地平線後面的美麗
乾脆閉上眼睛
讓世界變得明亮而綠草如茵

遁跡下水道

黑斑

每次我在遠方出現，黑斑便縮緊身子，保持高度警戒。

我還未朝牠走去，牠便早早溜進最接近的下水道，毫不猶豫地鑽入，消逝於暗黑的洞口，回到牠最常滯留的地下世界。

那時，我們相隔起碼三四十公尺之遠。這個距離，不管對虎地貓或者其他街貓，安全指數都相當高。再敏感的貓，都不至於抬頭，準備離去。像黑斑這樣神經兮兮，讓人大惑不解。

那下水道的世界又是一個謎。當天氣過度悶熱，當陰雨下得滂沱，抑或是想要長久酣睡時，不少貓都偏愛躲進此一幽暗之地，或者鑽入隱蔽的建築物裡。黑斑愈加明顯地偏好此一行徑，似乎每個下水道口都鑽過。下去後，更不會從同一個洞口冒出。從其意志和決心的堅定，都明確告知，下面有一個深邃的貓道，四通八達地串聯著。那兒是牠最安全的庇護區，

下水道是黑斑最鍾情的庇護所。

黑斑總是躲著人。

黑斑緊張地望著我，準備潛入下水道。

無人可以干擾的世界，地面只是偶爾出來散步、透氣，像鯨魚般。

黑斑活動的下水道上頭，恰巧是我寄居的教師宿舍周遭，被大草原、南峰山坡和開闊的柏油路面環繞著。我住二樓，打開窗口即可居高臨下，因而有充裕的時間，觀察此一異乎他貓的行為。

在虎地貓裡，跑單幫的不多，牠不僅是典型，也最為孤僻。一條龍雖說兇悍，還有三塊愣愣地試圖接近。反之，牠也會主動接近其他貓，雖說別的貓害怕，寧可跟牠保持距離，至少牠有此意圖。但黑斑從不和其他貓照面，永遠獨來獨往，似乎連自己的同類都在躲閃。

等搞清楚所有虎地貓的分布領域後，我有些納悶。除了宿舍後院和淨水廠一區，黑斑和一條龍的地盤重疊不少，活動的路線也幾乎相同。牠們走過相同的溝渠，相同的馬路。只是一條龍偏好漫遊，隨時出沒，但黑斑晝伏夜出，路線單一，難得碰頭。或許是這一微妙關係，兩者遂相安無事。

繼而，我又發現，黑斑很少走進大草原中心。每天一早，我泡茶看書時，從窗口凝望，常期待有貓走過草原。非洲稀疏的草原，或許是獅子最愛棲息的環境。對虎地貓來說，大草原的空曠讓人不安。多數貓選擇在邊緣活動，或者小心地走在橫跨大草原裡的溝渠。

黑斑卻連溝渠都不願意屈就，寧可繞道而行，走在牆角隱密的草叢。一條龍可不，牠常堂而皇之地來去，時而站在溝渠上，發出喵叫聲，彷彿毫無天敵。

初時，我對黑斑的印象便是這樣，害羞、機警，無法信任何人，包括自己的同類。直到另兩回的接觸，我對牠的行徑方有更深入的認識。

有天清早，經過第二大樓，發現牠正在牆角進食。那兒屬於花叢幫的領域，飼料還堆放不少，但多數成員仍在休息。究其因，牠們不想吃昨日剩下的飼料，寧可等待愛貓人帶來新食物。虎地貓早已被餵養得很挑食。如果情況允許，牠們只選擇吃新鮮的。除非一整天沒人餵，才會無可奈何地吃完剩下的飼料。

我遇見黑斑時，正是這樣的情形，好幾個紙製盒子都盛放著昨日的飼料。黑斑和另外一隻花叢幫的貓，各自專注吃著。虎地貓在進食時，警戒心低，我比較能接近，細觀其身，甚而拍照。

我非常驚訝，黑斑何以會跑到此地覓食。第二大樓位居校園中心，黑斑若要抵達，必須先經過寬闊的大草原和第一大樓。此區乃草原幫和花叢幫活動的重要領域。若是新來的貓，抵達異地總是心虛，保持高度警戒。黑斑安然而專注地進食，若非在校園的地位不低，絕不敢如此橫行。

沒幾日，我再度遇見黑斑，更恍然明白。牠站在南舍（學生宿舍之一）旁的一座方形水

黑斑很少和其他貓接觸。

泥平台休息。那兒靠近山谷的樹林區，據說蛇類經常出沒，有回還有野豬闖進。黑斑看到我時，露出狐疑的表情，似乎很困惑我為何會在此現身。牠旋即停止舔毛，循一條溝渠鑽到校園外的樹林。

嶺大校園管制甚嚴，周遭架有鐵絲網，尋常野狗不易進來。校園之外，野狗活動相當積極，很喜歡追逐和欺負街貓。過去便有一說，因為野狗無法進入校園，學校才會有這麼多貓集聚，進而形成重要的棄養場所。

校園外的這片樹林雖有野狗群出沒，但牠毫無顧忌。黑斑一定是循此繞道南舍後的樹林，避開兩個幫派的領域，回到我住宿的地方。在第二大樓，我總共記錄三回，猜想黑斑只把那兒當作一個偶爾覓食的地方。

黑斑和一條龍相似，多數的覓食時間和地點，偏好到龜塘幫的領域。上班時日的早晨，行政大樓上班的愛貓人士都會在避雨的隱密牆角，擺足充裕的飼料，讓龜塘幫的貓群可以隨時享用。

龜塘幫害怕一條龍，避之恐不及，對黑斑卻毫無懼怕，有時還不懷好意。有一回，黑斑覓食結束，小跑折返。龜塘幫成員小灰頭，似乎不滿其行徑，一路偷偷尾隨，明顯地想恐嚇或偷襲，卻又對牠有所畏懼，因而只敢保持三四公尺距離。當黑斑休息時，牠也停下腳步觀

黑斑不走大草原的溝渠，卻會利用雙峰山的溝渠。

望。黑斑似乎察覺牠跟蹤，竟放慢腳步。小灰頭怎麼辨呢？只敢佇立在隱密的角落，看著牠遠離。

黑斑的階級應該和一條龍相當，只是不像後者，常常霸凌其他貓。但一些跑單幫的弱勢者，若不小心闖入，或者觸怒了牠，同樣會遭到嚴厲教訓。

有天我欲出門，大門觀景台下方發出淒厲叫聲。聞聲過去，赫見黑斑站在水泥陰井，俯瞰一隻體型接近的虎斑貓，一邊發出威嚇的叫聲。那隻虎斑貓即三條。倒楣的三條，不只常遭一條龍欺負，顯然也被黑斑視為眼中釘。

三條低斜著身子，畏懼地仰望黑斑，一副擔心被撲擊的緊張樣。黑斑虎視著，每發出一次威嚇聲，三條便驚嚇地抖動身子，尾巴緊緊貼著屁股。黑斑則不斷搖晃尾巴，佯勢要攻擊。

那尾巴悠然地搖動，甚是輕鬆，更意味著自己的高高在上。眼看黑斑不斷逼近，隨時要伸爪攻擊，三條也認命地準備躲閃或防衛。突然間，黑斑似乎又顧忌什麼，遲遲未展開，只是繼續盯著，直到三條低匍，慢慢遠離。黑斑則在後頭緊迫盯人，似乎只要三條快點閃離，牠不會得理不饒。

我雖不斷記錄黑斑的行跡，相對於其他虎地貓，還是較難掌握。多數貓是集團的幫派成員，只要在固定地點，花多點時間觀察，都不難等到。跑單幫的，像一條龍善於喵叫，遠遠

初到校園時，我難得就近拍到幾張黑斑的照片。

黑斑對我發出不滿。

黑斑觀察我的舉動。

三條不知何故觸怒黑斑，黑斑晃動尾巴，步步進逼，直至三條離開才罷休。可從圖中微小動作，看到兩者間的消長氣勢。

⑦

⑧

⑨

⑩

⑪

⑫
10
km/h

地也知道來了。至於三塊、三條，總是趴伏在一些固定地點，同樣不難邂逅。

但黑斑趴在地面的時間並不多，有關牠的紀錄加總一起，難以敘述成文。有時三四天都未發現，我更懷疑牠是否已往生，或者橫屍郊野。

兩個月後，從累積的資料，我才明確看出，牠連趴臥草地的時間都很短暫，多數時候都在疾走。或者遠遠地看到我時，愈發疑懼地躲入下水道。

那也不是三四十公尺，而是更長的距離。

到底怎麼回事？有天黃昏，牠潛進龜塘幫的領地，我藉由一道長牆掩護，快步跟蹤拍照。那是自上回在南舍碰見後，最接近的一回。我清楚看到牠的肚腹下垂。很多貓得了腎衰竭，都有此一身形消瘦，肚腹肥大之狀態。接著因厭倦進食，病痛纏身而不治死亡。

回家後放大照片，想要了解到底怎麼了。這一對照赫然發現，自己嚴重誤判。從側面看，至少有兩個粉紅的乳頭鮮明地露出。照片透露了一個讓人吃驚的訊息，黑斑懷孕了，可能快要生了。

在我的認知裡，虎地貓多半結紮，不可能有生育的機會，沒想到竟還有漏網之魚。黑斑懷孕的情形，彷彿《侏羅紀公園》裡的名言，生命自會尋找出路。於是，我再翻查前些時拍攝的照片比對，原來當初遇見時，牠的肚腹早已略微鼓脹。

黑斑的腹下隱約可見乳頭。

黑斑腫脹的乳頭透露牠正在撫養小貓。

幾個月來，牠為何一直躲閃，我恍然大悟。除了個性機警，想必跟懷胎有關。牠未結紮，因而有了受孕的機會。但跟牠交配的到底是哪隻貓？牠將在哪裡生下小貓？小貓能存活嗎？像黑斑這樣未結紮的流浪貓還剩下幾隻呢？一連串的問題也浮現出來。

確知黑斑懷胎後，我常不自覺地走到下水道出口，蹲下來側耳傾聽。期待著有朝一日，幽暗的下水道深處，傳出小貓的美好叫聲。

我的觀察時間和次數更加冗長、緊密。最後發現，牠一天頂多在晨昏出現。捉住這一晝伏夜出的習性，我看到牠的機率便大增。甚至明確知道，牠會從哪一個下水道口冒出地面。

黑斑出來後，都是走往龜塘幫的方向。那是獲得食物最近的距離，最快的方式。吃完後，很快折返宿舍附近，擇一空地休息，旋即又躲入下水道。我總是遠眺，不時用望遠鏡細瞧，觀察乳頭的變化。雖然看不到小貓，但乳頭提供了線索，我由此研判小貓的狀態，甚而猜想牠們約莫幾隻。

又過一陣，黑斑的乳頭兩側各只有一對都相當紅腫肥大，應該有四隻吧！等牠消失，我再挨近那洞口，企圖聽到小貓的呼喚。

有天下午，雷雨交加，黃昏時雨勢驟歇。打開寄宿的窗口透氣，只見黑斑在對面草坡地來去。這個行徑相當異常，尤其對一隻正在餵奶的貓媽媽。我繼續緊盯，只見牠不時跑動，時而撐高身子，甚而在斜坡上微微跳起，快速以前掌拍擊飛行的小飛蟲。

小飛蟲不大，擁有一對灰色寬大的翅膀。那是大雨後盲目飛行的白蟻，昨晚已出現不少。以前人們看到，總以為是大雨來襲的徵兆。大雨後的短暫空檔，白蟻更加密集地出現宿舍周遭。黑斑在坡地上忙著捕食，一直到天黑。

我進而有一個了然，黑斑每天吃的飼料，並無充分的蛋白質。怎麼辦呢？如果你是母親，勢必要補充奶水，但尋常飼料不足以提供營養，只得尋找其他食物。一隻街貓能夠有什麼機會？鳥類根本獵取不到，水塘的魚類也不易捕捉。這時竟有大量白蟻出現，每隻雖不到一公分，但換成街貓的角度，說不定都是一根根小香腸。白蟻是最現成新鮮的食物，也是老天賜給牠的大禮，當然不能錯過。

那天夜深後，雨勢再緩和許多，只剩下些許雨絲，白蟻如常出沒。我故意熄燈，望向校園的馬路。未幾，黑斑再度現身，在馬路上快速地梭巡，不時低頭彷彿在啜水。校園裡偶有車子行經，或行人路過，牠都會閃到一邊，再快速地跑到馬路上。這一情形並不多見，不太像牠平時躲入下水道的行為。

旋即，我便看出，牠發現不少白蟻被雨打落在馬路上。路燈雖然昏暗，以貓的夜視能力，自可大快朵頤。牠從馬路吃到人行道，花了近一個小時，持續努力吃食。

又過一陣，牠才滿足地躲回下水道。我走下樓，樓梯盡是橫躺的白蟻。打開門，走到馬路和人行道檢查，剛剛黑斑活動的地方，一隻白蟻的身影也未發現，看來都被牠吃光了。

兩星期後，黑斑乳頭從腫大的粉紅色慢慢變深，僵硬為黑紫之色。我因而確信，小貓接近斷奶，或者已經結束哺乳期，可能即將出來。我更日以繼夜地觀察下水道，尤其晨昏時，絲毫不敢怠惰。

再過些天，我深信，這位勇健的媽媽會帶著小貓們，逐一跳出下水道的黑暗家園。只是迎接牠們的地面，恐怕會是更加嚴峻的環境。一個白亮的可怕世界。

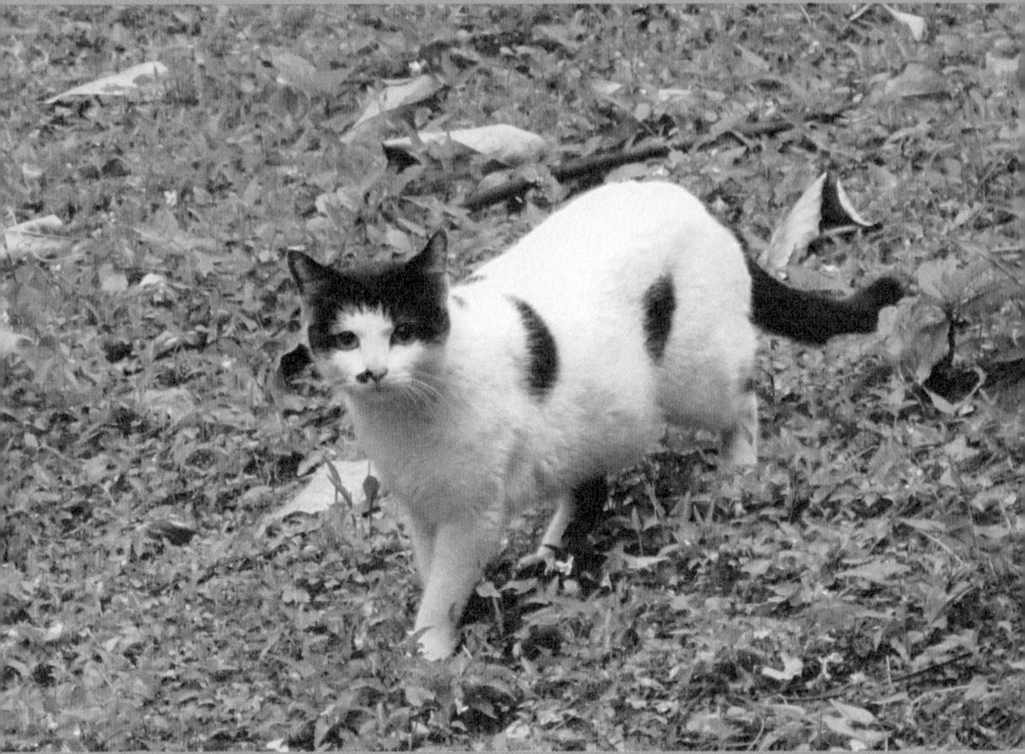

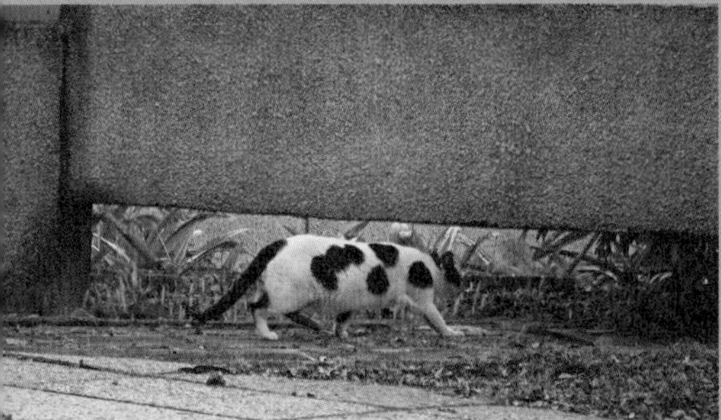

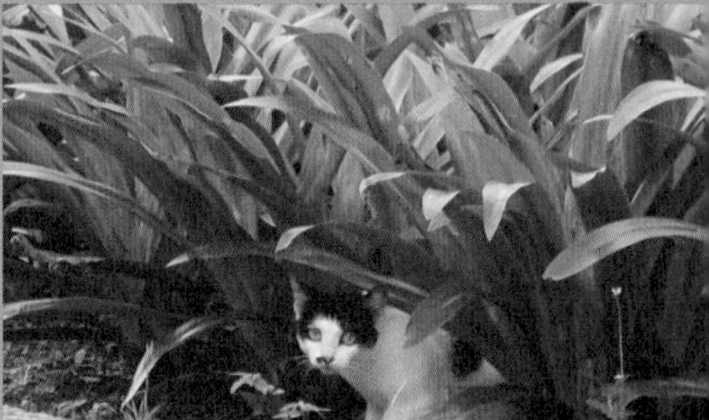

不知道黑斑的小孩是否會跟牠一樣動作輕巧、小心謹慎？

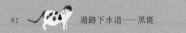

黑斑

孤獨讓牠充滿安全
黑暗讓牠看得更清晰
多疑則讓牠活得長久
讓牠遇見
甬道盡頭的星光

保守主義份子
無尾

無尾是草原幫身形最顯著的母貓，行徑最像一隻獅子。

草原幫生活的大草原，太過於遼闊了，任何貓都可以遨遊、漫步，因而未形成強力的夥伴關係。不像中式庭園核心集團的成員，往往四五隻長時趴躺一塊，緊密地生活。牠們時散時聚，單隻活動的頻率較為常見。

大草原是塊像足球場大小的環境，分成上下兩地，以緩坡交接。無尾活動的地點主要在上草原。這隻尾巴剩下一小截的母貓，相威貌嚴，高貴有餘，但形單影隻的狀態最為鮮明。

上草原是牠經常散步的場域，也是趴躺沉思的地點。天氣陰涼時，牠走進上草原，悠閒地東張西望，像一位持盈守成的仕紳，遊蕩在自己的鄉野。我想牠大概是虎地貓裡最愛望遠的。放眼虎地貓，很少像無尾，晚上也在草原散步，或者花很長時間無所事事地趴臥。

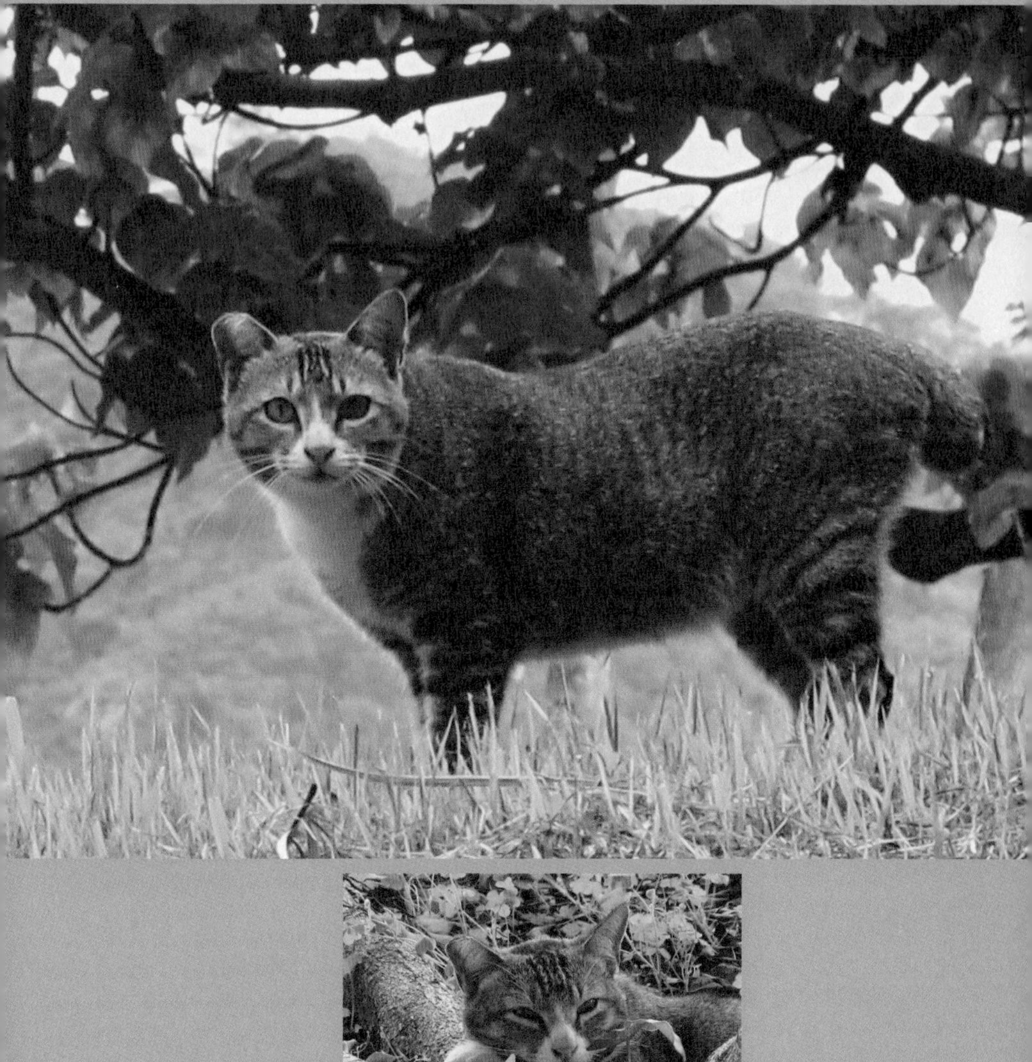

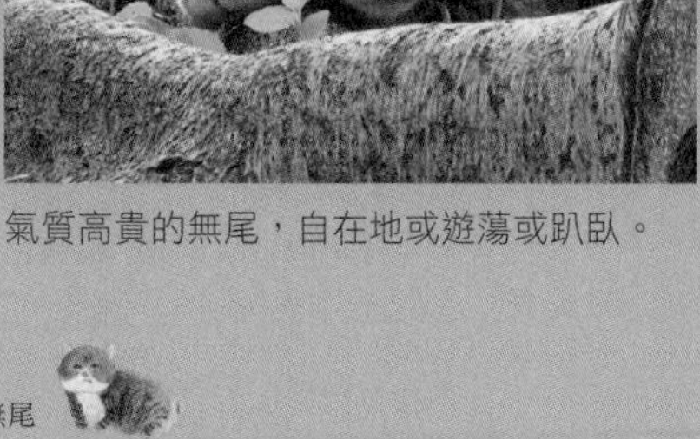

氣質高貴的無尾，自在地或遊蕩或趴臥。

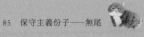

無尾是虎地貓裡最愛望遠的。

多數貓集中在辦公大樓的牆角活動，草原是境外之地。貓不像牠們的遠親獅子，喜愛把草原當作獵食活動的領域。貓們清楚，草原無法提供充裕的食物，過於開闊，更讓牠們毫無安全感。

大草原是公共領域，其他虎地貓偶爾出現，無尾不會阻止或干擾。多數貓到此遊蕩的目的為何，並不清楚，可能一時興起，在草地上踏青，或者想要晒個太陽，也可能留下排遺，就地掩埋。

咬青草是走到此最常見的行為。很多虎地貓醒來時，梳理一陣皮毛，都會展現咬青草的行徑。牠們咬的多半是尋常野草，不是蚌花，或者合果芋之類園藝植物。我注意到，二耳草最常被噬咬。二耳草在香港和台灣都相當常見，這種野草或可視為虎地貓的生菜沙拉。青草可以幫忙牠們清理腸胃，每隻幾乎都有這類行為。其他環境，不少街貓亦復如此。

上草原的水泥陰井，明顯地高聳而突出，多半時候只有無尾趴臥著，像獅子在草原的遠眺，掌握一切，觀看校園學生來去。草原幫還有三四隻其他成員，臉上半褐半白的輕漾是其中之一，但牠最親密的夥伴應是公貓草原虎。我屢見牠和無尾一起趴臥水泥陰井，或在樹林下。無尾有時會撥弄草原虎，騷擾牠。草原虎受不了，遠離他方，跑去和其他貓諸如輕漾等集聚，偶爾再回來跟牠相處。

無尾彷彿沉思的哲學家。

草原虎有時受不了無尾，自己活動。

無尾（左）和草原虎（右）好親近。

無尾和草原虎兩相好。

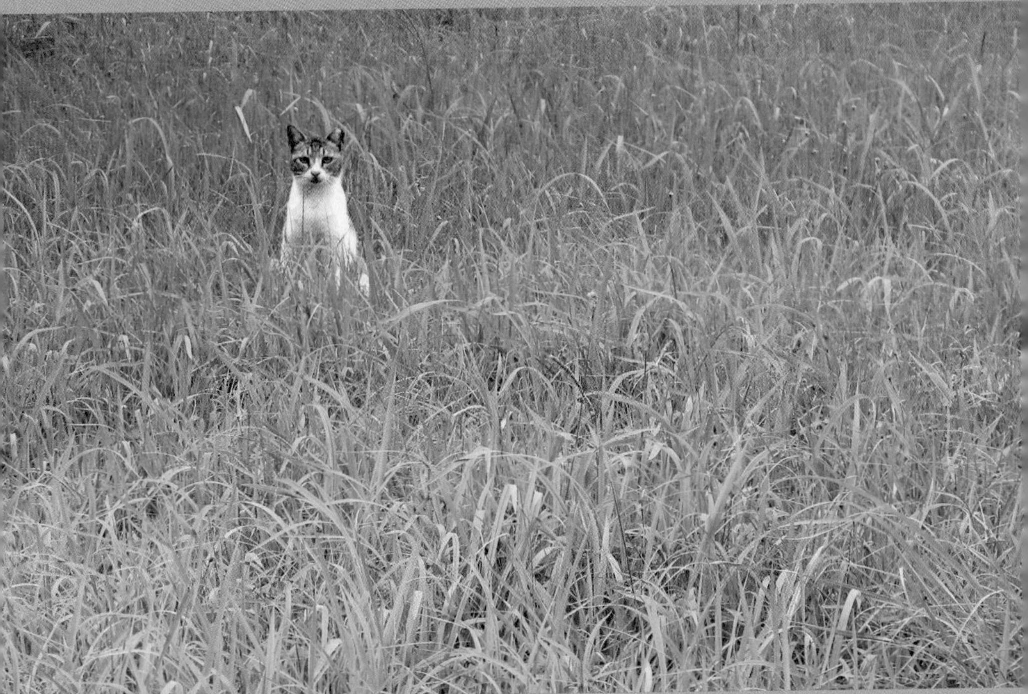

草原虎的個性不鮮明。

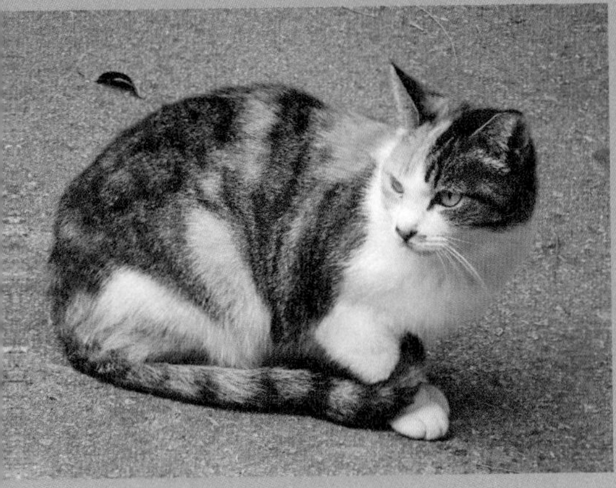

輕漾也是草原幫的成員。

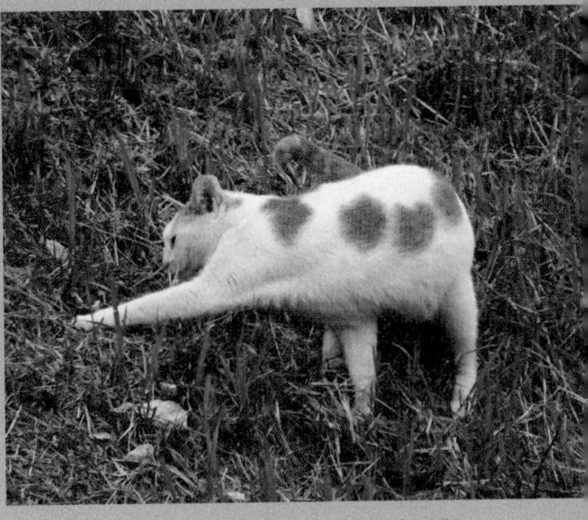

大草原是咬青草的熱門地點，圖為草原獅。

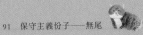

無尾比較不怕人，誰都可接近觀察，但不讓人碰觸。牠那世故的眼神彷彿看透了什麼，或者洞悉你的思考，想要保持一個適度距離的親密。人太接近了，牠翻身一縱，潛入下水道，不知去向。

不少虎地貓都有一兩處熟悉的下水道做為窩居、避敵之地。下水道勢必跟其他地方連接，有些會從甲地鑽入由乙地冒出。那是一個神祕而難以窺探的世界，像許多貓展露的，深邃又縹緲的心思。但無尾只選擇一個入口進出，不像黑斑有三四處。

草原幫旁不遠，還有一花叢幫，成員七八隻，喜愛集聚在可愛花的花圃裡活動。整個花圃都是這種爵床科植物。秋冬時，豔麗的紫色花卉綻放，常吸引學生駐足。但人們皆不知，紫色花海下，躲藏著好幾隻貓。無尾跟牠們只隔一條六七公尺寬的馬路，卻少有往來。

大草原還有一隻常客，結紮的母貓，草原獅，經常出現草原的中心。那是虎地貓比較少見的行為，彷彿把自己整個暴露在外。但牠來去草原時，總是機伶地沿著乾溝，藉著溝渠保護，掩蔽身子。大草原滯留時間最長的貓，應該是牠。

草原獅勇於探險，但不像一條龍到處去惹事生非，或者欺負其他虎地貓，也不像無尾的畏懼。牠孤獨地探查，到處瞭望。謹小慎微地走路，不與牠貓衝突，甚至接觸，只享受著到處來去自如的生活。

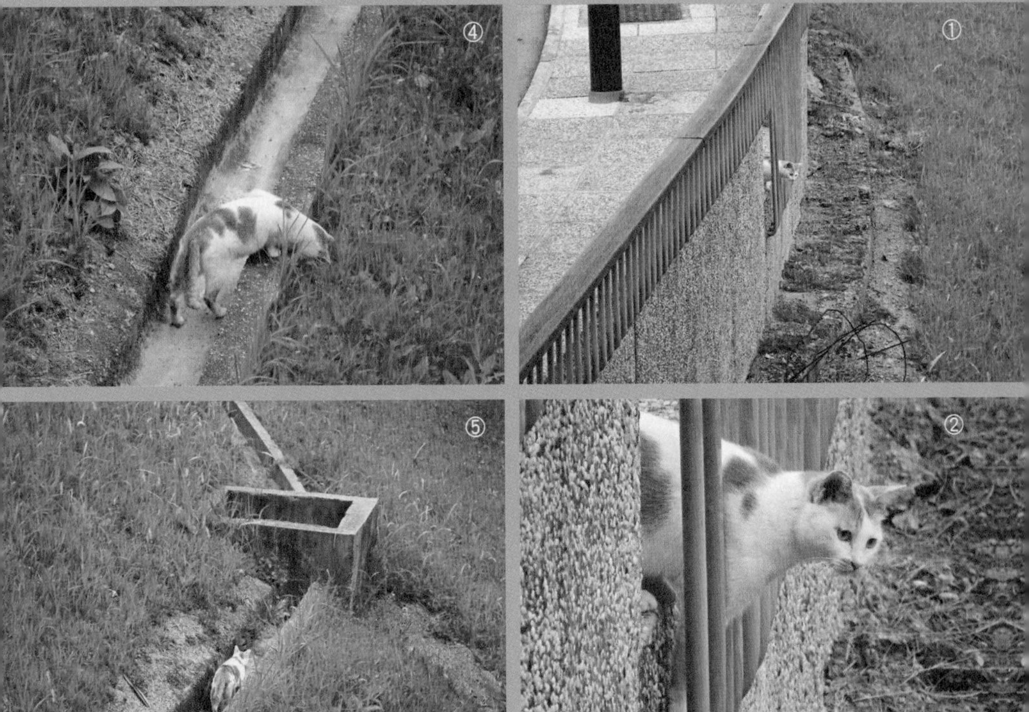

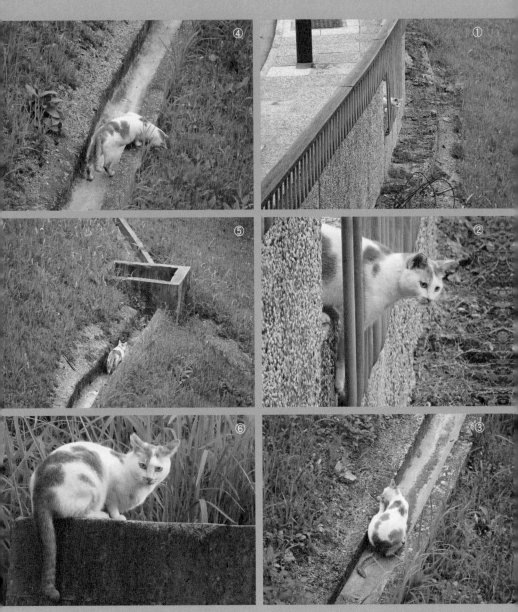

草原獅從欄杆縱身進入大草原。牠在乾溝上自在地晃蕩，最後跳上水泥陰井觀望。

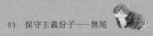

草原獅當然也跟無尾很少交集。只偶爾三四隻集聚時，牠剛好在場。草原獅活動的範圍不像一條龍，橫跨半個校區，但明顯比無尾更寬廣。從牠身上對照，反而看出無尾的保守，自滿於現況。怎麼端視，都不過是一隻擁有小小領域的宅貓。譬如，牠很少到下草原，每次走到上草原高崖處，就會乖巧地折返。

只有一回，無尾小心翼翼地沿著乾溝前進，走到下草原的水泥陰井。假如是在上草原，牠會隨便遊蕩。但站在下草原，彷彿很疏離。牠站在水泥陰井緊張地觀望，一點也不敢鬆懈。後來有一位學生闖進，只站在下草原的邊緣，無尾已緊張地奔回上草原。可見，牠對下草原毫無安全感。

四年後，我回到校園，來回梭巡每一塊長時觀察過的地點。在翻越雙峰山，經過鞍部時，只見南峰樹林坡地，有兩隻貓臥伏在草地上。按牠們的身形和地理環境，我研判是草原獅和一隻叫半黑臉的三花貓。半黑臉也是草原幫成員，以前即常在北峰出沒，生性機伶，孤獨而隱僻，看到我，遠遠即溜走。

草原獅還在，讓人驚喜。但牠異常機警，我離不到二十公尺，隨即起身離去，遁入旁邊蓊鬱的樹林。跟過去一樣，依舊是那跑單幫的矯健身影。

在上草原時，偶爾會有珠頸鳩或白鶺鴒等鳥類，降落草地。當牠們散步時，常引發草原

四年後回到嶺大，遇見草原獅（前）和半黑臉（後），甚是驚喜。

離開校園兩年後，同學傳給我無尾的近照，牠依舊健康自在。（嘉晴提供）

幫貓群的騷動。無尾因佇立的位置，經常是最早發現的。牠會先蹲伏伺機伏擊。畢竟是老貓，喜愛謀定而後動，再者，鳥類的視覺遠遠超過牠們，除非有十足把握，絕對不會草率撲上前。但我從未看到牠撲擊成功。

無尾棲息的環境，還包括雙峰山，南北兩峰間的斜坡森林。一處眾貓往來集聚的公共空間，並未明顯屬於哪一個集團，無尾有時也在此遊蕩。

春初時，一隻珠頸鳩不知為何貿然飛降落葉堆積的地面，引發巨大聲響。幾隻貓不約而同豎起耳朵，望向那兒。無尾和草原虎包抄過去，試圖利用地形掩護，突然竄出，讓珠頸鳩措手不及。此時，輕漾也躡腳低伏接近，準備從另一個方向撲殺。只可惜，牠們毫無合作經驗和能力。珠頸鳩早就察覺這幾隻貓的意圖。在牠們就緒前便從容地高飛遠離，毫不給予任何機會。

虎地貓們能夠捕捉到鳥類的時機，或許在繁殖季，有些剛剛離開巢位的小鳥，飛行動作緩慢，才可能讓牠們得逞。有一回，在雙峰山的落葉堆看到一團凌亂的羽毛，猜想應該有隻飛鳥不幸被撲殺了。嶺大校園較少麻雀，我懷疑跟虎地貓過多有關。麻雀喜愛集聚，常活動於地面覓食，機警又善於互通環境安危訊息。一代傳一代，這兒便少見了。至於喜愛在草地活動的黑臉噪眉，別稱七姊妹，恐怕也因了此緣由，幾無紀錄。

無尾活動範圍有限，絕不會跑去余園，更不可能侵入遙遠的現代花園。雙峰山如高大山脈，廣場猶若大洋般遼闊，都是巨大的阻隔。牠不是跑單幫的，只安於現狀，只想在草原遠眺，在三叉路保持自身優越、舒適的地位。

當一條龍出現在大草原另一頭，每天經過數回雙峰山，到處驚擾其他虎地貓，像大尾流氓時，無尾繼續無遠憂亦無近慮的快樂，沒有其他貓挑戰牠的地位。

無尾

如果沒有草原的開闊
牠會缺乏遠眺的視野
缺乏來自空曠的恐懼
跟其他街貓一樣平凡了

草原獅

平淡地孤獨來去
如居無定所的浪人
山丘讓牠如老虎般欣然
草原則讓牠的心靈接近獅子

年輕的探索者

小狸

第一次看到公貓小狸，牠正在北峰西側的樹林裡，鬼鬼祟祟地前進。那是正午，很少貓會在此時活動。這一窮極無聊的晃蕩行為，像人類青少年的到處遊逛。我因而確定，牠在閒逛，也在探險。

小狸的體態纖細，全身淨白，唯有一條狸般色澤的長尾，乍看已是成貓體型。但兩頰瘦尖，看來發育尚未完全。多數貓都在休息，只見牠躡足躡腳，緩步地張望，注意著每個角落的可能發現。那行徑好像初次離家出走，什麼都感新鮮，到處亂探看，同時胡亂地想像著各種可能的危險。

結果一狩獵即見真章。善於捕食的貓，絕不會隨意走動。從第一眼，我便察覺牠的笨拙，猶帶孩子氣。那天，牠不斷地朝一堆落葉攻擊，假想那兒有一隻不易對付的厲害獵物，必須

初遇小狸時，牠正在北峰探索。

小狸的毛色特徵很容易辨認。

用盡全力。四五回撲擊後，依舊不甘心。突地沒來由，又轉身攫取，彷彿真有動物在那兒潛藏著。

後來，我繼續看到牠的探險。成貓若沒把握，不會隨便發動攻擊。小狸仍處於玩樂的狀態，凡有小昆蟲之類，都會試著挑釁，玩弄。

有一回，牠好運地撲著了一隻小灰蝶。只是明明都已捉到腳掌了，還是渾然不察。困惑地雙掌鬆開，只見那灰蝶完好如初，從牠眼前飛了出去。牠再躍起，撲著了的都是空氣。

太陽高照，眾貓皆瞌睡，牠獨自走在樹林裡，尋找樂子。玩得很興奮，卻不知自己在做什麼，又或者何以緊張地疑神疑鬼，衝來衝去。後來跟愛貓的學生們探問才得知，我遇見時，牠才半歲左右，這種行為不可能在其他大貓身上發生，只有像牠這樣甫長大的年輕幼貓，尤其是小公貓，才會展現這般失態和幼稚。

還有幾回，我看到小狸在吃野草。很多虎地貓喜歡在睡醒後，立即舔理皮毛，進而偏好去啃咬野草。市面有一種貓飼料，據說是針對貓愛吃野草的習性，製作為食物，但我想貓應該會比較喜歡吃新鮮的。有人視野草為貓的前菜，或者生菜沙拉，這一形容還頗生動。若按動物行為，貓吃草主要是為了腸胃的良好蠕動，順勢把難以消化的食物吐出。

虎地貓盤據的領域，並非每處都有許多野草。有些集團棲息的位置，草原處處，省去了尋找野草的麻煩。有時眼前一叢，隨便張口一咬就能啃到好幾把。但貓吃草並非亂咬，牠們應該有承傳經驗。某些植物含有毒性，諸如合果芋之類粗大葉子，多半不會去碰觸。牠們喜愛較為尋常的，諸如二耳草、牛筋草。

小狸習慣滯留的北峰，高大喬木頗多，下方多半被枯葉遮蓋，少有野草。小狸能咬到的野草，往往都只有一兩株，剛巧自枯葉堆中長出。吃草要有耐性，依草的彎曲，順勢咬食。好幾次，牠不斷地斜頭，以難看的姿勢猛咬好幾回，才能勉強啃著。有時咬不著，生氣了，

小狸歪著頭奮力啃咬野草。

小紅線在樹下盯著小狸，小狸不敢下來。

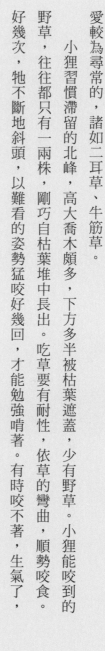

不耐煩地對自己發脾氣。這一舉止，更證明牠的孩子氣尚未消失。

到處亂闖，難免惹禍。有一回，不知為何，牠惹毛一隻壯碩的棕色母貓，小紅線。牠大概是看不慣小狸到處胡亂走動，突地大發雷霆，追逐過來。把小狸逼竄到三公尺高的樹上，遲遲不敢下來。小紅線刻意在樹下趴躺、仰望，逼小狸困在樹上動彈不得，分明就是在教訓。小紅線的地位在北峰並不高，經常偷吃其他貓食。但小狸還被欺負，可見牠的階級勢必相當低微。

後來我觀察到，有陣子，牠很喜歡尾隨一隻叫褐嘴的母貓，結果也常被後者修理。但牠的畏懼不像遇見小紅線。再仔細追探才知，小狸乃去年在校園出生，褐嘴是牠母親。

我會查出，源自一位愛貓的學生，看到我日日在校園觀察記錄，拍攝了不少照片，因而寄來去年拍攝的幾張。她想知道，去年夏天拍到的一隻小貓長大後，如今棲息哪裡，目前的領域和地位情形。我一核對，隨即查出了小狸的身分。

更意外的是，從這張照片，我看到了小狸的母親，覺得分外眼熟。於是對照自己拍攝的。在中式庭園的區域，查到了一隻叫褐嘴的母貓。只是這一確定，反而有些感傷。

中式庭園因造景而有假山假池，泛稱余園。我則稱此地貓群為余園集團，褐嘴是集團的成員。三個星期前，我才在池塘邊看到褐嘴。那天牠如廁後，並未悉心處理排遺，只意興闌

小狸和母親褐嘴（左）在窩居的洞口，那時牠還有手足。（上下圖皆慧珊提供）

出生不久的小狸（左）和母親褐嘴。

小狸躲在媽媽後面。

珊地走到一塊大石下。鑽進了一處狹小的地洞，露出尾巴。

那地洞，我一直視為不吉祥的位置。前幾星期，才有一隻嚴重染病的貓，鑽進那兒後就未再出來。看到褐嘴有此一動作，我自是隱隱不安。接下幾日，特別到那兒巡視，期待褐嘴出現。

結果，三四天後，我在大石不遠處，看到一隻貓橫死在草地上，幾十隻蒼蠅停駐在牠的嘴巴。仔細對照，確定是褐嘴。牠的身子看來相當健壯，毫無平常看到的腎臟病或貓愛滋。

褐嘴的死亡並未影響其他貓的作息，但那兒過去是余園集團經常集聚的地方。此後這一大石位置，虎地貓就少去了。

小狸並未到過那兒，牠繼續在對面湖畔孤單地生活，等待著餵食，偶爾繼續一隻年輕貓該有的好奇，到處探險。譬如走到池邊，嘗試捕捉錦鯉，探觸花叢的枝椏。小小池塘其實有明顯的界限，小狸不敢跨越到對岸，走進母親棲息的家園。

小狸最常出現的位置在余園南側的岩石上，屬於邊緣環境。牠經常在那兒趴臥，有時也跟其他貓一起，但並未找到搭檔。或許還要經過長久的摸索，才能被其他貓認可。就像年輕的獅子在草原，遲早會遇見夥伴，等自己夠強大了，才能建立自己的領域和王國。此一階段，小狸仍在探險中成長，還在追尋被夥伴認可的階段。

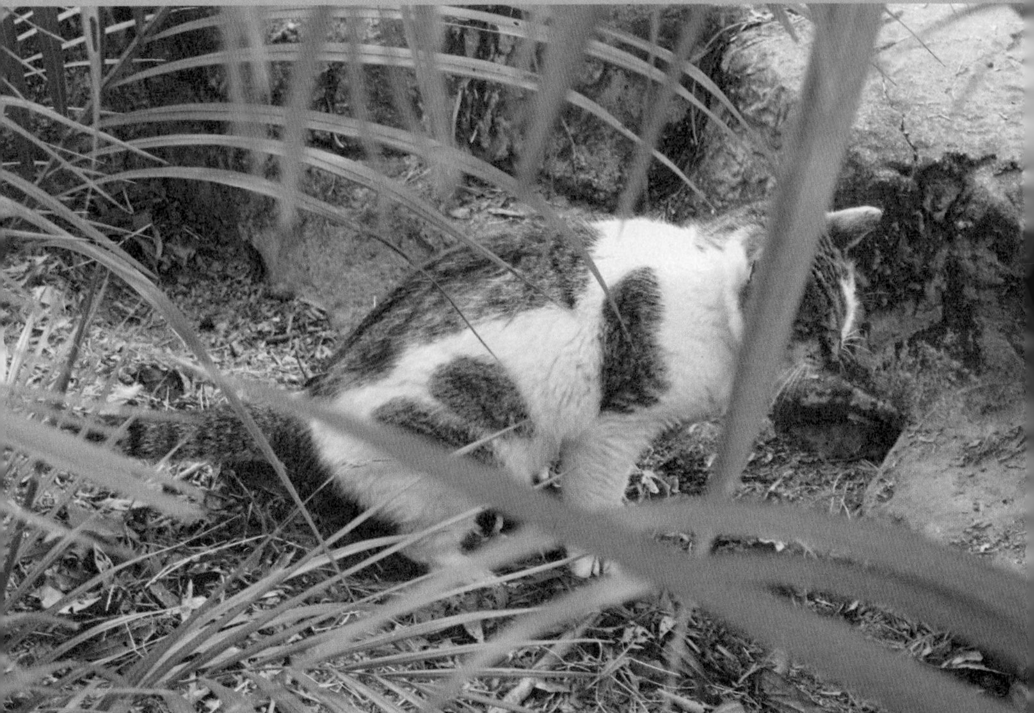

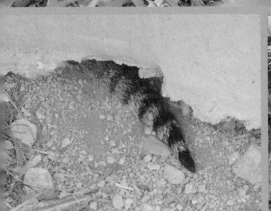

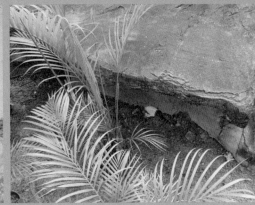

褐嘴正在如廁（上），之後未清理排遺，直接鑽入洞裡，只露出一截尾巴，舉止怪異。

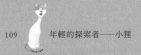

四年後，我回到嶺南，遇見了好幾位老朋友，其中印象最深刻的是小狸。一接近余園，遠遠地第一眼，就看到牠雪白的身子，以及那根鮮明的狸尾。我隨即聯想初次遇見牠，在北峰的探險。那尾巴鮮明而興奮地搖擺著，跟潔白的身子形成鮮明的對比。

小狸仍棲息於老環境，北峰北面的山坡地，以及余園水塘南岸的環境。根據同學們的觀察，兩年前，牠早從被其他貓隻欺負的小弟，躍升為老大，現在更是大老。一隻貓從小慢慢成長，若能安然無恙，勢必會經歷這些階段。從一隻地位最低階的成員，慢慢進入核心，逐漸在生活的區域掌握較大的控制權。

換算一下年紀，從出生到此時，小狸應該接近六歲了。虎地貓過去在校園長大，曾有十一、二歲的長壽紀錄。一般巷弄的街貓，難有這樣的活存機會。余園集團的貓如今泰半不見，但小狸仍只待在過去生活的地方，生活圈一直在此不變。一群街貓若形成集團，假如沒人為干擾的因素，或者環境破壞，牠應該會永遠在此。

牠仍跟過去一樣，喜歡從岩石上觀看池塘裡的錦鯉，或長時趴躺在岩石。然而，四年前，青春美麗的身影，如今變得蒼老憔悴，臉頰更加削瘦，身子亦愈單薄。也可能患了什麼皮膚病，兩耳皮毛落光，紅通通地禿裸著，夾雜著一些搔癢的痕跡。身形有種說不出的懶洋洋，儼然是老貓的常態，不再是過去的年輕好奇和優雅。

年輕的小狸還沒找到搭檔。

我可以想像四年多來，牠在此生活的模式，慢慢地從階級地位最低的菜貓，逐漸爬升。生活原本即如此定型，現在愈加安穩。池塘旁，貓隻不多，還有一兩隻貓散落在周遭，我不識得。按過去對此一核心環境的認識，應該都是新進來的，這些棄貓會嘗試加入，逐一遞補消失的集團成員。牠們也會跟小狸一樣，慢慢地從菜貓的位階爬升。

小狸如是長大，或許也是最常見的虎地貓成長典型。

五歲多的小狸健康不如以往。

小狸經常觀注池塘裡的錦鯉。

三歲的小狸依舊喜歡在岩石上消磨時間。（嘉晴提供）

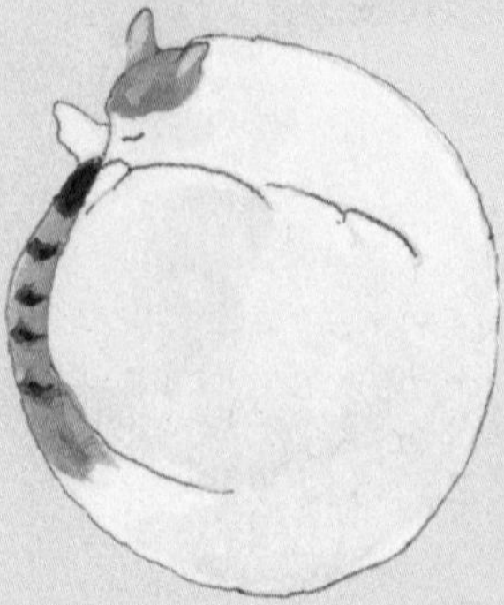

小狸

一隻幼貓的養成

勢必包含不斷地探險和犯錯

也許，衝撞不出體制之外

但至少會悄然地

成為知悉規矩者

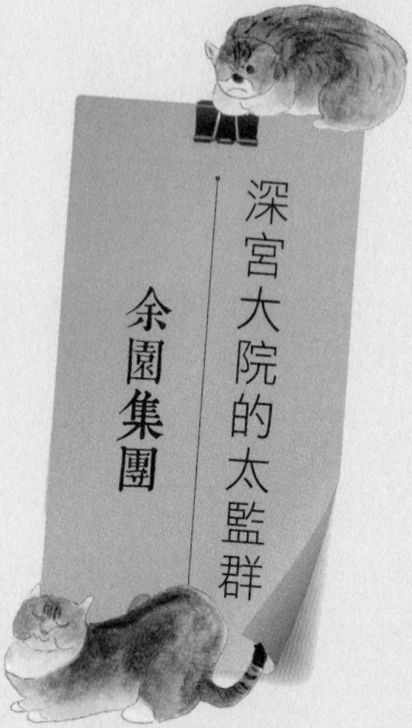

深宮大院的太監群

余園集團

虎地貓在校園裡，最為龐大的族群，乃余園集團。在此中式庭園，牠們密集地散布在池塘周遭。或有單獨棲息，以及二三成群者。天氣晴朗時，常有學生利用庭園的桌椅看書，打電腦，虎地貓則在周遭徜徉。

余園集團的主要成員，包括了紅線、黑鼻、灰鼻、小黑、半臉和小褐鼻、小短尾、梁小虎。牠們集聚成團，但也有在池塘邊緣，鎮日形單影隻的，諸如一線、紅眼、三點和大嘴等。牠們為何選擇一隻貓的狀態，委實難以分析。我只隱隱感覺，年輕和患病者居多。

水塘岸邊多石頭修築的石壁，單獨棲息的，偏好趴在岩壁邊緣。占據一有利的位置，慵懶地享受陽光照射。有時或許會為喝水而趨近池邊，但多半時候像一名釣翁，想捕獲水裡的錦鯉。我看過幾回，當錦鯉不小心游近岸邊時，好幾隻貓都意欲撲上。

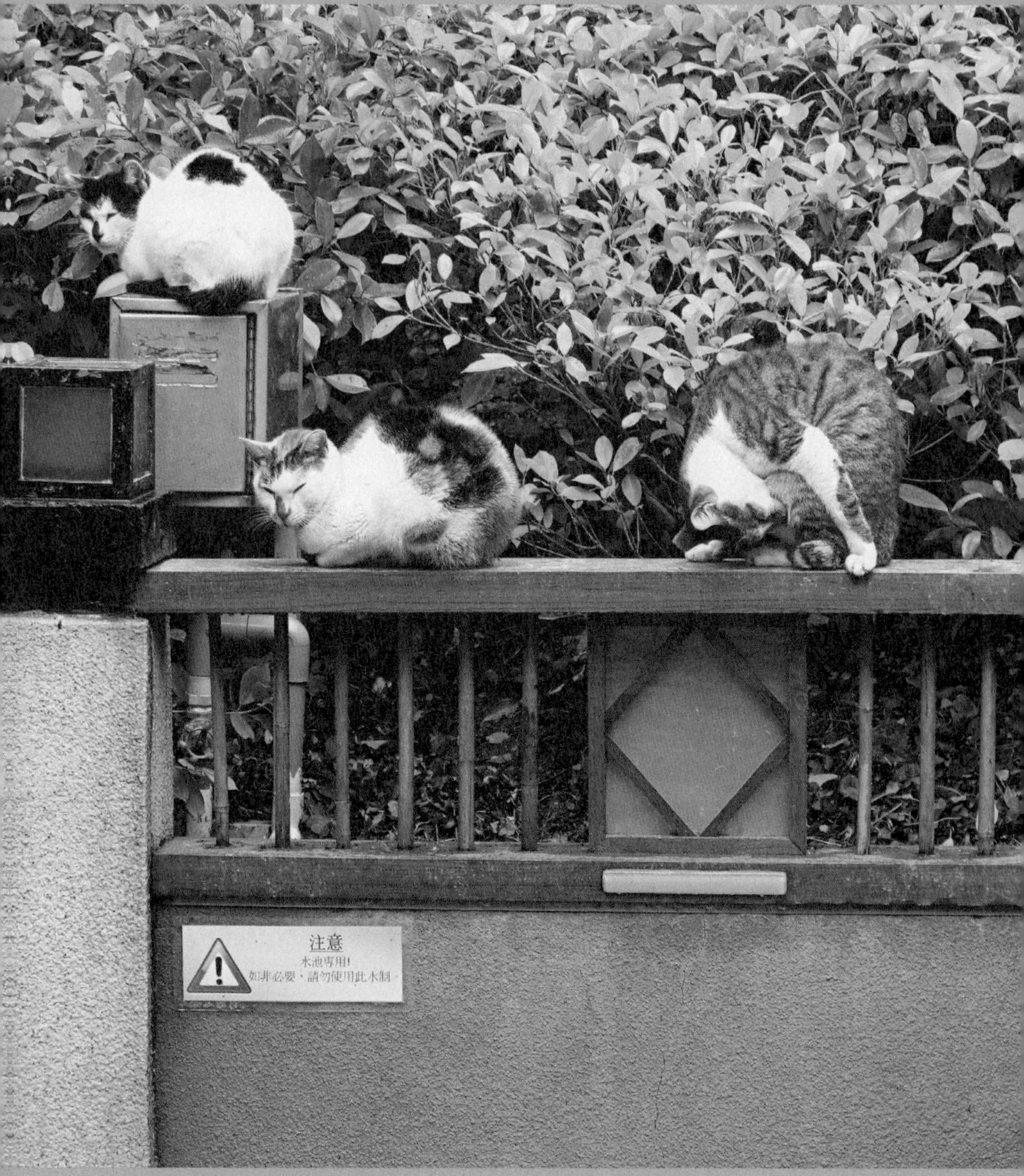

陽光正好，黑鼻、灰鼻和小褐鼻（由左至右）在中式庭園的矮牆上打盹、理毛。

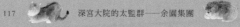

余園集團眾貓很能享受水池岸邊的愜意。

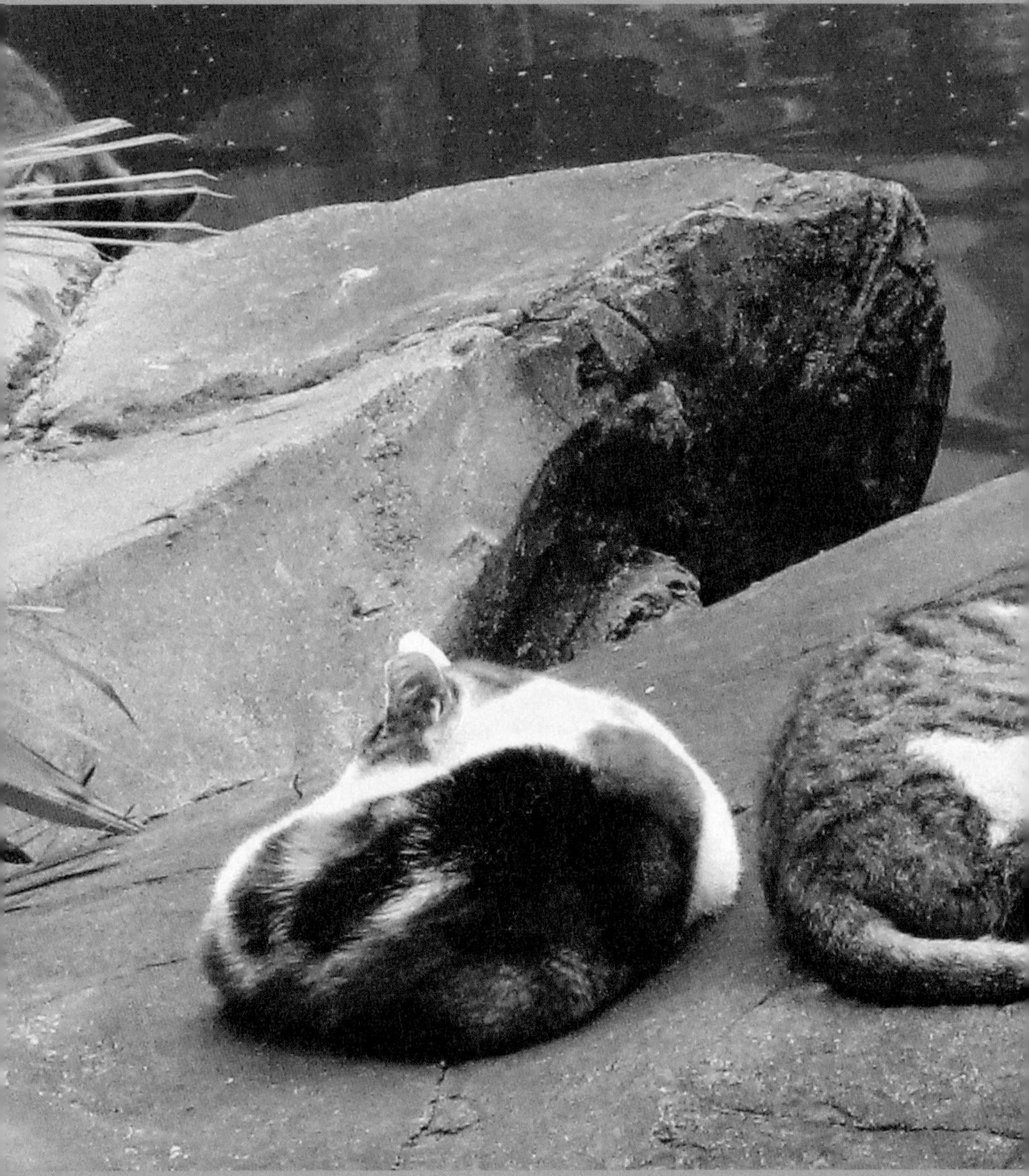

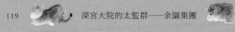

當然，這個賭注甚大，一不小心或許會栽落水塘。幾次水塘邊的巡視，我發現過一兩具乾癟的魚骨，顯見半夜時曾有虎地貓獵捕成功。新鮮的魚肉絕對比乾糧美味，難怪貓們會接近，嘴饞吞涎地觀看。

余園集團的主要成員，彷彿一群僧院的長老，牠們跟形單影孤的不一樣。多半無此捕魚樂趣了，幾乎仰賴學校愛心人士早晚的餵食。牠們常三兩結伴，大群趴躺在餐桌區。貓的睡眠，一天往往需要十一、二小時，才足以支撐平時的活動體力，這群貓彷彿睡得更長，每隻醒來就是在等吃，吃飽了便睡。

余園集團裡，我最早注意到的是母貓紅線，擁有此間最為肥碩而優雅的身軀，宛如一隻大胖貓。位階最高的可能是小短尾，活動範圍略廣，有時會出現在北峰樹林。小黑最怯生，幾乎不跟人接近，常常鑽入下水道，我懷疑牠也是跑單幫的，偶爾回來。黑鼻比較敏感，經常因人的接近而遠離，灰鼻可能是牠的兄弟，長相近似，更亦步亦趨。灰鼻偏愛串門子，喜愛跑到噴水池找小可憐。我這樣敘述，大抵說明，雖是同一個團體，但虎地貓的個性還是分明的。

牠們也展現了一個團體的特質，群居避寒，一起等待餵食。牠們棲息於最核心的位置，不虞食物來源的匱乏，因而地盤最狹小，本身之間也缺乏競爭關係。多數貓較少有追逐或好

睡著，醒了，都窩在一起。

池裡的錦鯉令虎地貓虎視眈眈。

奇小動物的機會。不像其他區域的貓，還有些野外的刺激。

一隻貓的一天生活，走過的路線為何，以前有一日本貓書描述得很傳神，彷彿有固定路線，走上四五百公尺的長路。我的觀察經驗並非這樣。那恐怕是一隻跑單幫的貓，才會如此辛勤，而且位階處於優勢，食物不致欠缺。

虎地貓多數不願意跑太遠，尤其是接近食物核心地區的，領域不僅跟大家重疊，也謹守狹小的範圍。佘園集團的貓便滿足於現狀，好像世界是一座小小的孤島。那疆界也不需要地理隔閡，牠們自然就會劃出一條看不見的鴻溝，清楚地畫地自限。

牠們多半慵懶而緩移，不太會機伶地躲閃人，更不可能，看到人即遠遠跑離。集團生活缺乏個性外，最讓我驚疑的是，觀察三四個月後，灰鼻消失了，小褐鼻消瘦了。連胖嘟嘟的紅線可能因長時吃到不好的食物，患了莫名的病，頓時萎靡如乞丐之形。

究其原因，池塘環境狹窄，整個集團老是在幾個淺紙盤食用飼料，若有一隻患病，其他也很容易因群聚而感染。

池塘邊其他單獨活動者也是。因為生活圈相近，都有病菌感染的問題。歪嘴不知為何患了口炎，舌頭不時吐露。紅眼、小兩點、一線的眼睛都罹患某種類似分泌物過多的病症。紅眼更只剩一隻眼睛可以觀看，最後食物愈吃愈少，鎮日趴在石頭上，連炙熱的太陽照射上身，

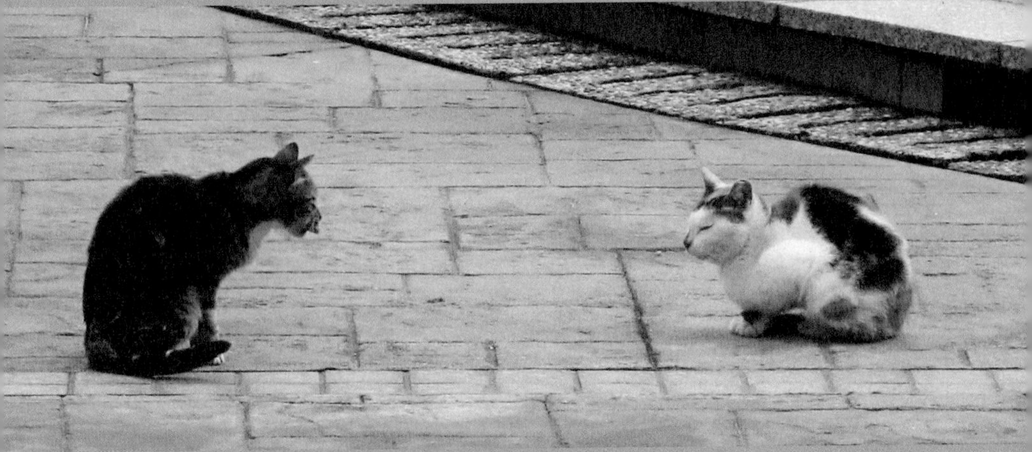

灰鼻（右）喜歡找小可憐（左）串門子。

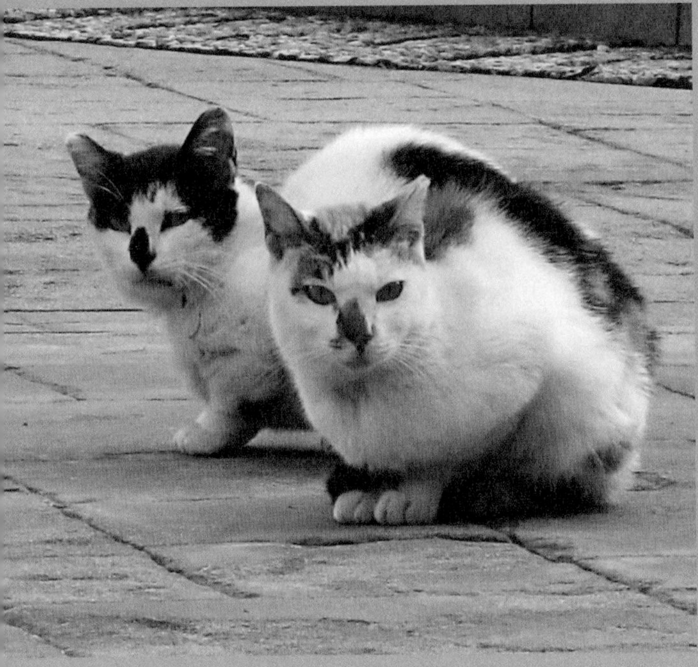

黑鼻（左）和灰鼻（右）交情好。

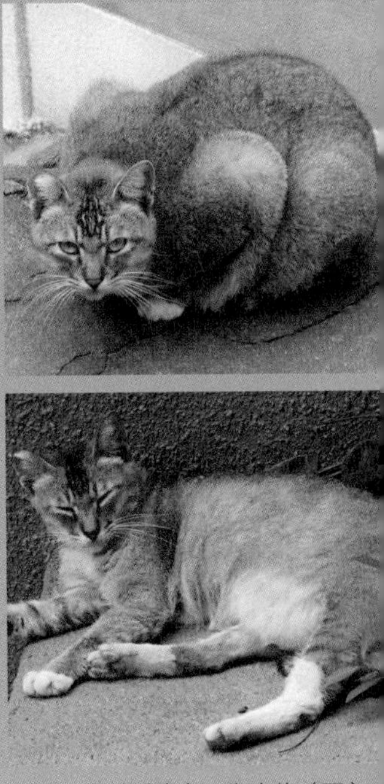

紅線生病前（上），生病後（下）。

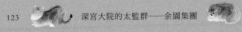

都懶得移動了。

每次看到這隻公貓病懨懨的樣子，都很難過，卻又不知如何幫牠。紅眼似乎罹患癌症末期般，絕望地拖著日益消瘦的身子。沒多久，便消失了，應該跟其他患重病的貓一樣，自尋一黑暗之處，終極隱逝。

其他跑單幫的也不用多贅述，就是這麼非正常街貓地活著，完全仰賴師生供給食物。從家庭寵物，變成學校寵物。

余園集團的貓群，都有自己的池岸領域，雖不明顯，但活動範圍大抵固定。我要找到牠們也最容易。牠們只在黃昏進食時，走到放置飼料的地方，平時多盤據在自己的岩塊，偶爾離開。只有下雨時，才會躲藏到石頭下的洞穴。

美麗而年輕的小狸，有時也在旁遠遠見學，但一如在北峰樹林的笨手笨腳，總是徒勞無功。或許當牠成功捉到第一尾錦鯉時才算長大。自信心產生了，牠便可加入集團的行列，或者，成為跑單幫的成員。

池塘邊展現過度擁擠的孤單，虎地貓在這兒明顯自我退化、消逝。多數都結紮下，午夜也較難聽到街貓的淒厲叫春，或彼此之間的活絡吵架。這兒真像紫禁城的深宮大院，大家繼續被動地跟著食物，緩慢而肥胖地移動，也帶著高危險的傳染病源生活著。

接近餵食時間，余園集團的眾貓們早已集聚在放飼料的地方。

紅眼的一隻眼睛不知何時受傷了。

灰鼻日漸消瘦，後來不見蹤影。

余園集團

世界並沒有變濕冷
但牠們彷彿瑟縮著自己
一隻跟一隻，緩慢地
被迫走在泥濘的路上

魯蛇的生活

灰毛

每天晨昏時，龜塘幫成員多半會集聚在雙峰山山腳下蹲伏。每隻的臉都朝行政大樓眺望，期待著某一學校的行政人員，攜帶貓食出現。

龜塘幫的棲息環境遼闊，牠們得以各自活動，彼此間很少形成余園集團的集聚行為，譬如三四隻睡在一起，或者共食一堆淺盤的食物。這一保持適當距離的情形，減低了群聚感染疾病的機率。

平時，若無一條龍帶來小小騷擾和波動，這兒彷彿處於安靜又平和的狀態。或許是最適合虎地貓棲息的校園環境。

貓的競爭和階級關係，在此一食物充裕的校園環境並不明顯，只有在吃飼料時才會展露。但彼此間仍有一默契存在，似乎透過某一個直覺和感受就能了然。貓與貓間不需要張牙

紅耳是龜塘幫的老大。

吃東西時，其他貓都要先禮讓紅耳。

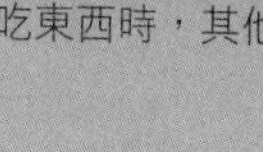

舞爪，威嚇對方。此一狀態彷彿某一行之久遠的政治禮節，小小一個謙讓或超前，都已清楚透露訊息，無須太多其他動作。

有天早晨，我觀察到一次進食行為，終於確切知道牠們間的位階關係。經常照顧虎地貓的警衛，再次拎著貓食走到山腳。龜塘幫們都識得，安心地走過去。警衛像一位蒙古烤肉的主廚，熟練地沿著護牆，傾倒了四五小堆貓食，讓牠們各自散開來，安心地吃食，避免出現爭搶的情形。

我注意到半白、紅耳和小灰頭等四隻，高豎尾巴彷彿撐著旗幟，迎接警衛到來。進而排成一列，收尾，專注地享用晚餐。未幾，灰毛躡腳到來，站在後頭等待。我發現有好幾回餵食，牠都落在後面，也未舉尾示意。舉尾除了歡迎餵食者，似乎在也證明自己有最先食用的權力。灰毛的地位較低，不敢舉尾，只能站在後頭，等大家先用餐。之後，再跟隨。

原本以為，大家吃完就換牠了。不意，還有一隻，不常見的，叫三點。當紅耳等吃到一半時，三點先過來觀看。此一動作透露，牠的地位明顯比灰毛高。直到這些虎地貓都飽足了，才換灰毛挨過來，清理剩餘的食物。

由進食的狀況研判，粗尾的紅耳跟半白常最早吃，可能位階最高。灰毛則可能是龜塘幫地位最低的成員。後來我更發現，不僅餵食時，灰毛落在龜塘幫所有成員之後，連三塊或三

早上六點多警衛擺放飼料，龜塘幫依序就位（上），灰毛在後方靜靜等待（下）。

④

⑥

⑤

不知何時三點現身，牠走到龜塘幫身邊，東張西望，望眼欲穿。灰毛則閉眼休息，如老僧入定。終於有個成員吃完離開，三點轉頭望向灰毛，不知是否告誡牠，還輪不到你！

⑧

⑦

⑨

條這些跑單幫的，地位都比牠還高。

灰毛不僅地位低，全身總是髒兮兮。只見牠常要死不活，趴在樹林的落葉堆裡睡覺，或者孤單地走向無人理睬的食物，連一起臥眠取暖的夥伴都找不到。

我原本也以為，牠是否患了什麼病，放棄照顧自己。直到有回半夜，才看到牠展現活力。

行政大樓和雙峰山間的廣場有一水塘，十來隻巴西龜棲息其間。水塘不大，約莫一輛轎車寬度，塘心有一小島。這群巴西龜，平時喜愛爬上小島暴晒，伸脖晒頸，久久不去。

虎地貓平時看似不搭理牠們，卻常走到水塘舔水。這兒彷彿是湧泉的聖地，好些虎地貓特別偏愛在此駐足。原來，貓的鼻子相當靈敏，新鮮的自來水往往含有濃重的化學物，還加了很多氯，容易產生氣味。相較於此，戶外水窪和水池裡看似汙濁的髒水，天然而無味，反而吸引力更強。

除此，水塘還有什麼特色呢？

半夜時，這兒出現了危險的獵捕遊戲。獵物是巴西龜，獵捕者自是虎地貓。夜深之後，巴西龜會設法游到岸邊露臉，想找個不同的地方休憩，或者尋找什麼。這時龜塘幫的貓們會潛伏到旁邊的灌叢，趁勢出手逮捕。

有天半夜，灰毛蹲伏在水塘邊，前爪早已就緒，就等一隻巴西龜露出水面，趁牠未及應

紅耳在水塘邊喝水。

龜塘幫平常大多在龜塘周遭活動，右圖綠籬內即為龜塘。

變，想要一掌摑下，順手擒拿上岸。烏龜上了岸，虎地貓即可完全掌控其命運。

灰毛耐心地等待著，有隻巴西龜如牠預期，在牠掌握的位置露出身子。灰毛毫不猶豫，一掌即快速出擊。但不要看巴西龜平常動作緩慢，此時牠何等耳聰目明，似乎未浮出，就隱隱感覺岸邊有潛伏者。因而本能地一縮，只留下空蕩的水波。

灰毛初次攻擊落空後，縮回濕漉漉的前爪。但並不死心，依舊蹲伏著，虎視眈眈地注意水塘。幾隻巴西龜早已機伶地轉換位置，從另一頭浮出，彷彿在恥笑灰毛。灰毛卻也未失志，乾脆趴在那兒閉眼。

有隻巴西龜看牠放棄了，安心地游過來，意欲上岸。此時卻見灰毛前爪迅快伸出。原來，灰毛一直在裝睡。巴西龜確實挨了牠一攫，但畢竟是在水中。再如何重擊，牠還能沉入水裡躲避。灰毛差點成為最早捉到巴西龜的虎地貓。但能以此痛快一擊，抒發剛才被戲弄的窘境，就足以扳回一城了。

隔天一早，我再經過雙峰山。一群行政人員正在餵食，幾隻龜塘幫專注地吃食，只有灰毛懶洋洋，仍然如過往，落在眾貓後頭。如果沒有昨晚的目睹，我還以為牠早就放棄自我，勉強苟活。

灰毛像沒脾氣的好好先生，彷彿沒什麼野心，總是獨自臥趴。

灰毛

彷彿最弱勢的一員
一直在角落等待機會
但機會如落葉的輕盈、飄飛

一面之緣
陌生客

那是我見過最驚恐的畫面。

有天早上，我如常在中式庭園，佇立池塘旁觀看錦鯉。歪嘴慵懶地躺在大石上休息。對面的石塊，同樣散布著其他虎地貓，各自閒逸地趴躺。

這塊大石接近余園集團的範圍，但集團成員很少停留，通常只有歪嘴會爬上大石。如果天氣陰灰，牠會一整天趴臥，打盹，舔毛，直到用餐時才離開。歪嘴多數時間單獨活動為多，池塘邊有好幾隻都如此，明顯缺乏走動。

我接近歪嘴，想要瞧瞧牠的近況，突然間，大石下竟有一隻貓，緩緩現身。牠似乎躺在池塘邊許久時日，準備離開了。只是牠才露出臉，我便被那張可怕的面容所震懾。

牠彷彿才跌落黏稠的油漆桶，辛苦地爬出。整個臉濕皺成一塊，毛鬚糾結，分辨不清鼻嘴，只一對眼睛勉強露出，哀怨而悲慘地望著我，內心似乎在喊，「救我！」

但那瞅望又深深地隱藏著毀滅，不期待任何幫忙。我呆愣著，手上持著相機，幾乎按不下快門。最後牠投以放棄的神色，低垂著頭，慢慢露出全身。緊貼著大石，緩緩移動。彷彿只有大石能夠給牠力量，又彷彿在告訴我，你看這是什麼環境，造成我如此絕望地活著。

整個身子露出後，牠的外形更加悽慘，乾癟而濕濡，明顯地拖了一個病身在苟活。過一陣，牠再度抬頭凝視我。好像我代表著整個世界，或是人類，牠則代表街貓族群在城市的不幸，以自己的可憐身形面對我。長時接觸街貓以來，這是我最害怕正視，束手無策的一回。

余園集團的十幾位成員，我幾乎都認識，牠從何而來，卻無法掌握。牠或者因病入膏肓，絕望地隱匿了自己的身子。最近才試著走出陰暗的空間，剛好被我不小心遇見。

牠停下腳步，又望向我。我充滿龐然的愧疚，像做錯事的孩子，杵立著，不敢離去，但臉稍稍撇開。

牠可能患了貓愛滋，因而造成這樣頹敗如鬼的身子。我的不知所措，似乎讓牠的絕望更為加深，隨即再慢慢移動。身子繼續磨擦著大石，似乎想擦掉痛苦。緊接著，舉步維艱地踏出每一小步。每一步都像千斤大石，深沉地踩踏在我的胸口。牠又走了三四步，抵達一處黑暗的隙縫。蹲下來，努力把自己塞了進去，最後只留下尾巴。

又過一陣，連露在外頭的尾巴也收縮進去，彷彿不想給世界任何一點不淨。那狹窄不規則的暗洞，只招來幾隻蒼蠅在洞口飛舞。

那兒彷彿是地獄的入口，牠走了進去不再出來。後來的一個星期，我每天都在洞口凝望著，都未再見到牠，只有蒼蠅飛繞不去。

兩星期後，換小狸的媽媽褐嘴也詭異地走了進去。又過兩天，褐嘴在洞口外不遠處，病歿了。

從流浪貓的角度，周遭許多下水道形成的黑暗環境，是牠們熟悉而溫暖的甬道。一走進去，彷彿可能擺脫地表世界突如其來的不測，但這洞口彷彿帶著不祥，通向死亡。

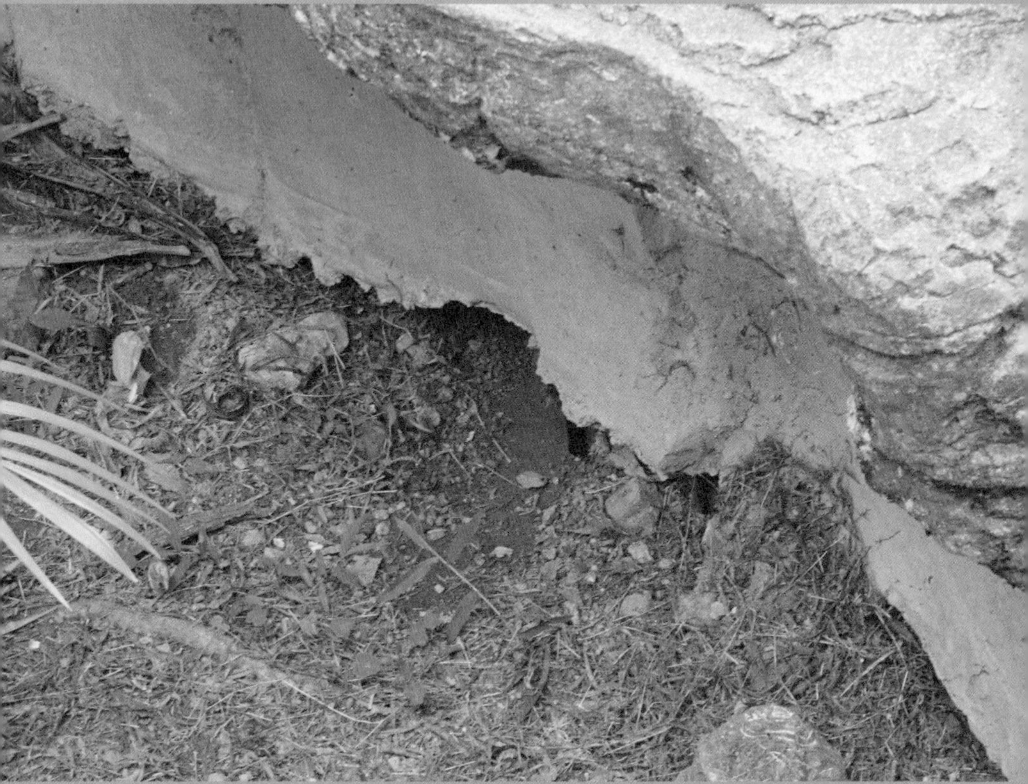

平靜的洞口，彷彿未曾發生過任何事。

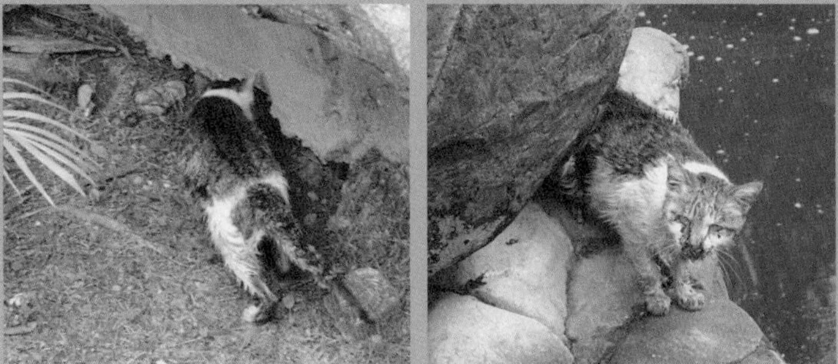

陌生客令人驚恐不忍的畫面，昭告了街貓悲慘的餘生。

陌生客

牠不是地獄來的惡魔
而是放棄天堂和自己了

積極進取的典型

灰頭蓋

母貓灰頭蓋出現於現代花園時，那兒已形成一個穩固的五人幫集團，容不得牠的加入，牠只能等待機會。

初時，這個集團的成員有四隻。分別是全身金黃毛皮的黃小虎，嘴巴白淨的小白嘴，擁有酒糟鼻般的小紅鼻，還有黃褐交雜的中背黃。後來，臉部暗褐色的雜臉緊跟在旁，進而被團體接納。

這一逐漸接近形成的團體，擁有一塊寬闊的階梯領域，庭園有小溪流穿過。環境優質，每一隻的生長，明顯比余園集團良好。極欲尋求認可的灰頭蓋看在眼裡，恐怕愈加吃味。

五人幫常集聚休息，隆冬時，多在草圃蜷伏成堆，縮成小團，彼此取暖。有時則分成兩團，保持不遠的位置。然後，長睡很久醒來，各自梳理，再一起去覓食區找飼料吃，或者等

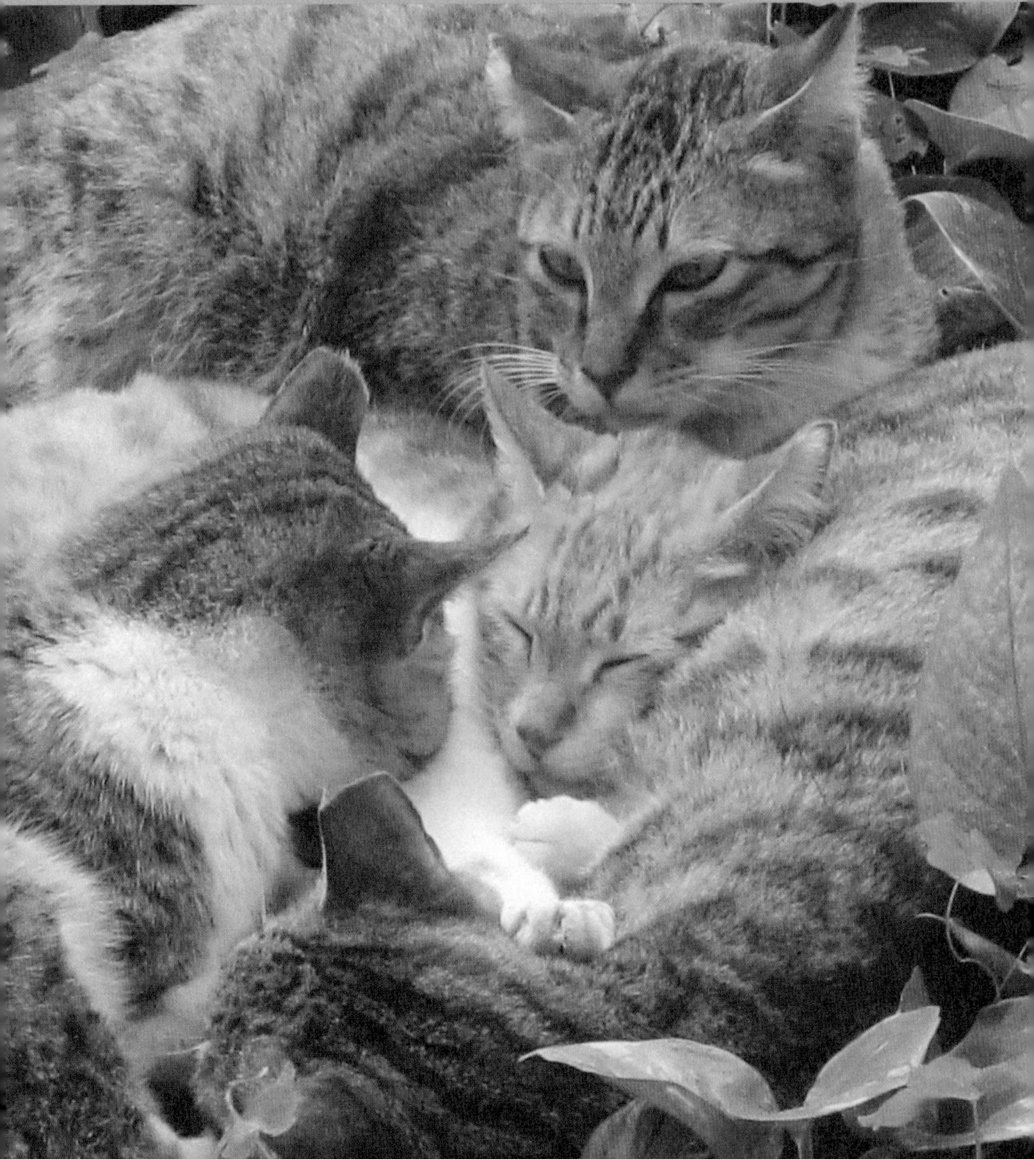

五人幫經常窩在一起休息、取暖。

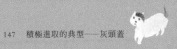

候食物的到來。平時照面時，彼此以頭碰頭，相互蹭來蹭去，表示親熱和熟識。

牠們掌控了整個現代花園的主要區域。睡覺的地方多半在樹蔭下的開闊草地。小白嘴和小紅鼻體型壯碩，身形最接近，彼此感情亦好。我初時以為，這五隻的老大是黃小虎。時日一久，從吃食的順序研判，小白嘴和小紅鼻的位階似乎最高，小白嘴更顯突出。

牠們的棲息位置，旁邊緊鄰著白臉集團。五人幫成員眾多，有公有母，食物不虞匱乏。牠們亦不踰越，隨便跟隔壁的白臉集團挑釁。

當任何一隻接近白臉集團的範圍時，那兒彷彿有一條隱形邊界存在著，不得隨便超過。每當其中一隻起身遊蕩，接近兩集團邊界時，我心裡頭都會暗自喊道，「應該折返了吧！」

果然，五人幫的貓走到某一接近白臉集團的草地，或者任何空間時，都會停下腳步。我想那兒應該散發一種氣味，或者是某一貓才知曉的疆界記號。牠們清楚意識，那兒不能再往前，隨即再緩慢地繞回自己的家園。

此時，灰頭蓋在游泳池這一頭，孤單地趴在木麻黃樹下的草地，窺望般地遠遠觀察。腦海裡可能一直在盤算，應該如何擠進集團，被眾貓接納。

有好幾回，天冷時，五人幫眾貓趴躺草原。生性多疑的灰頭蓋，在不遠處的草叢醒來，臉不自覺隨即朝那頭望去。五人幫的位置，牠不敢隨便靠近，彷彿那兒是禁地。同時，也很

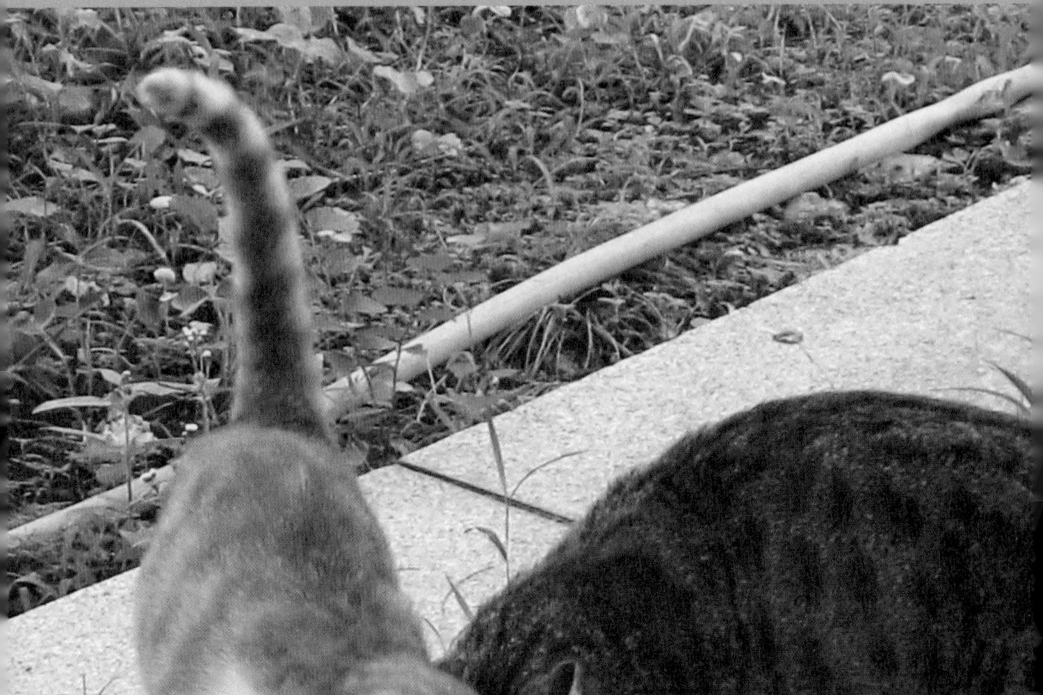

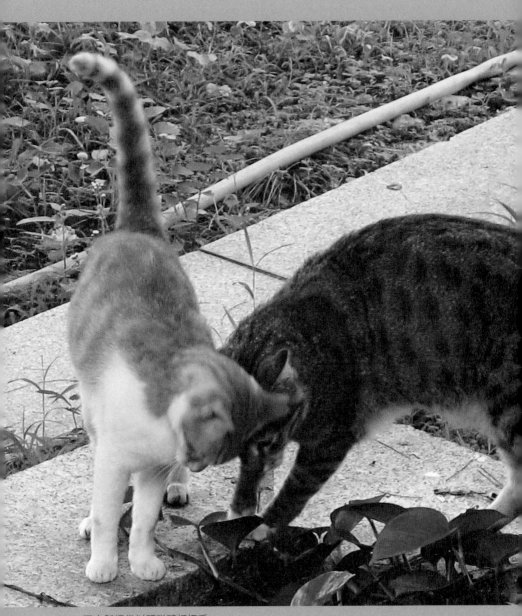

五人幫經常以頭碰頭打招呼。

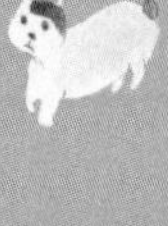

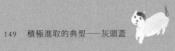

小紅鼻是小白嘴堅定的後盾。

四缺一的五人幫。

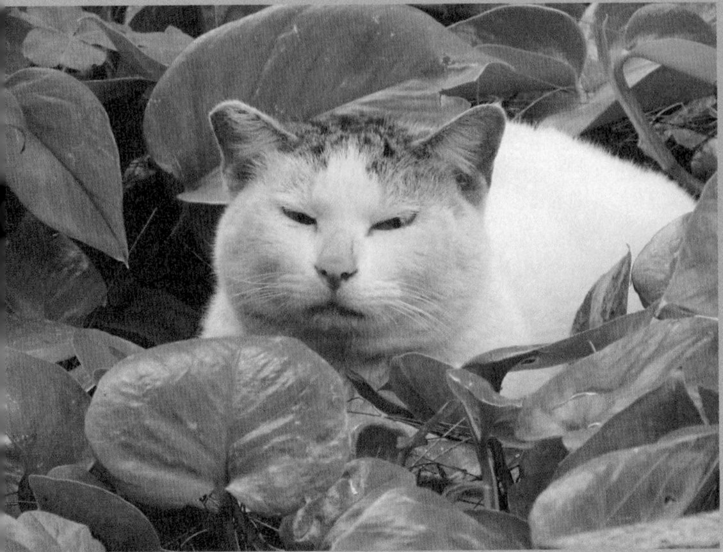

灰頭蓋孤伶伶等待機會。

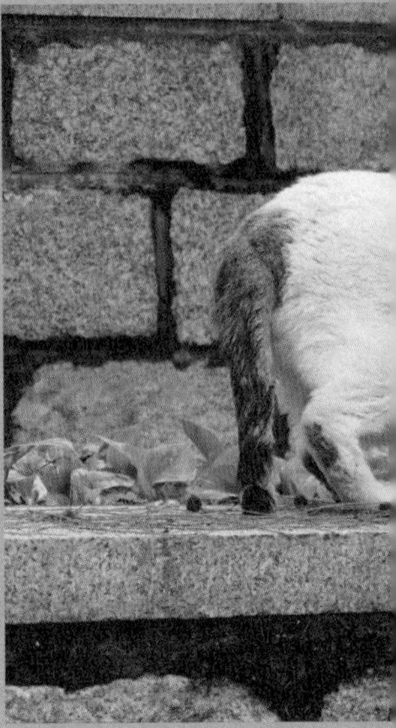

灰頭蓋不敢隨便靠近五人幫。

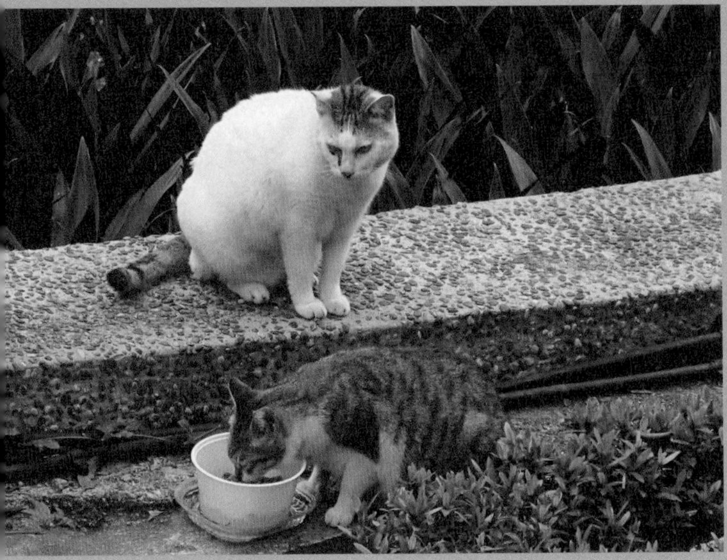

小白嘴進食完才輪到灰頭蓋吃。

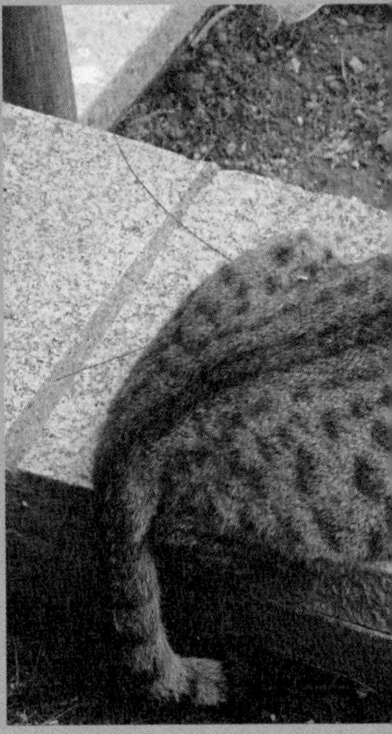

小白嘴常教訓灰頭蓋。

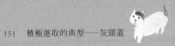

擔心牠們晃蕩過來。灰頭蓋的地位明顯低了好些，雖未被排擠，卻也沒被認同，只能在此角落窩居。

偏偏，五人幫棲息的位置，最接近校園師生擺置飼料的地方，灰頭蓋若想獲得較好的食物，都得小心翼翼到那兒找吃的。因而每次去，都得異常謹慎，生怕被五人幫看不順眼，衝過來欺負。

另外，還有一隻黃貓，叫淡小黃，同樣也是孤單身分。從集團的勢力範圍綜觀，牠棲息的位置更偏遠，緊靠游泳池旁邊的高壓電塔下，地位又比灰頭蓋更加卑微。

灰頭蓋在此生活，最倒楣的遭遇，大概是被小白嘴教訓。

那一次，牠趁大家都在休息，走到一處邊角的水溝吃飼料。淡小黃察覺牠要接近，機伶地先溜走，免得遭牠攻擊。按理，這兒也是邊陲，並非五人幫習慣棲息的位置。怎知，當牠吃到一半，赫然發現，不知何時，小白嘴已挨到牠眼前。

牠愣了一下，小白嘴靠過來，冷冷地嗅聞牠。灰頭蓋繼續驚愣，不知如何自處，也無法忖度小白嘴即將要做什麼。但牠本能地往後縮緊身子，退一小步。說時遲，小白嘴毫不給機會，隨即伸爪橫掃過來。還好灰頭蓋夠機警，一個閃身，夾尾溜走。牠迅快躲進旁邊的水溝蓋裡頭，仗著這一倚靠，抵擋小白嘴的攻擊。小白嘴站在水溝蓋，不時用前爪逗弄，且透過

灰頭蓋（上）總是獨自在木麻黃樹下，不敢踰越。五人幫則集聚一塊，或在不遠處，如中背黃（右中）。

小白嘴驅趕灰頭蓋，灰頭蓋退了幾步，小白嘴繼續發動攻勢，灰頭蓋隨後逃到水溝下。小白嘴還不罷休，在上面守著，最後乾脆趴臥下來，繼續對峙。

⑦
⑧
⑨
⑩
⑪
⑫

隙縫觀察了好一陣。灰頭蓋再如何笨也不會貿然露臉，更沒勇氣出來。

僵持好一陣，小白嘴悻然離去。許久之後，灰頭蓋心有餘悸地冒頭。那時我才恍然明白，平日牠常朝五人幫睇望之因了。我也看到灰頭蓋臉上鼻樑間有一道傷痕，也不知何時被誰教訓了。總之，灰頭蓋照舊孤獨地在木麻黃樹下休息，繼續遠遠眺望五人幫的動靜。

但一個月後，灰頭蓋的階級有了略微調整。此時，五人幫有些轉變，因而讓灰頭蓋有了進一步加入團體的機會，慢慢地從一個外來邊緣的角色，逐漸攻占更核心的位置。

五人幫最大的變化有二。

中背黃逐漸落單，當大家集聚時，牠多半滯留在領域中的水池邊。我懷疑牠患了某種疾病，因而身形日益消瘦，彷彿在那兒消磨病痛。

黃小虎也不像其他三隻保持健壯。牠常獨自跑到白臉集團棲息的邊界活動，或者單獨爬上大樹幹遠眺或休息。這是什麼原因，很難解釋。街貓在野外的生活度日如月，各種危險隨時都會發生，包括疾病的傳染。虎地多貓，飲食起居密集，染病機率也比其他家貓嚴重許多。現代花園再開闊，還是免不了感染。

從這時起，這個集團逐漸改由其他三隻領導，彼此繼續偎倚生活，形影不離。

每早灰頭蓋繼續按舊習慣，從下水道露臉，梳理身上皮毛。若不到木麻黃樹下，觀望一

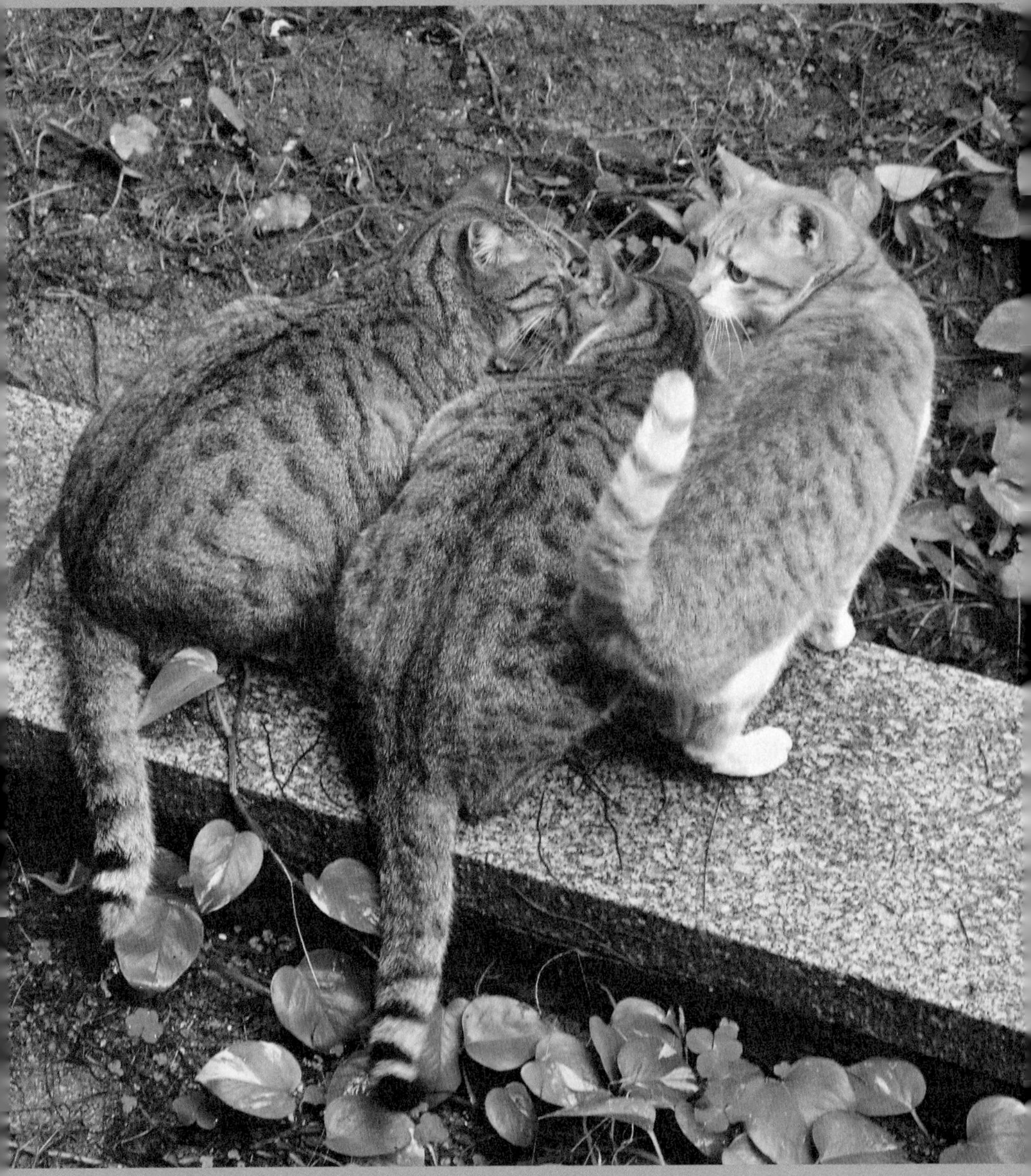

黃小虎（右一）本來常跟小白嘴、小紅鼻在一起。

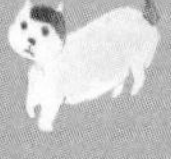

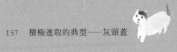

陣後，就會尋找食物吃。以前牠偏好去淡小黃出沒的位置，那是過去較常滯留的地方，現在偶爾會靠到五人幫集聚的草地。灰頭蓋趁牠們趴臥時，到那兒偷食。發現沒什麼威嚇，次數便也逐漸增多。

有回下午，愛貓人珍妮在餵食，五人幫全部靠上，小白嘴先吃，接著小紅鼻、雜臉、中背黃和黃小虎依序跟進。五人幫吃得津津有味時，灰頭蓋出現了。牠在其中穿插，發現毫無容身的位置，根本不敢過去搶食。但牠等待著，等小白嘴和黃小虎吃完離去，便大膽趨前，大口搶食。等其他貓也吃完離去，牠仍繼續在那兒猛吃。這時我發現，灰頭蓋明顯的比以往肥胖許多。

那天進食完，灰頭蓋還在當地停留一陣，其他貓並未理睬。接著，牠滿足地走回木麻黃區的老據點。突然間，看到不遠處，淡小黃居然在快樂翻滾。那位置或許超越了淡小黃不可踰越的界線，但只是超出一點而已。灰頭蓋卻不知何來的醋勁，頓時大發雷霆，迅即追逐過去，展開無情地攻擊。淡小黃嚇得躲回電塔附近，不敢再出來。

灰頭蓋明顯無法忍受，階級比牠低的淡小黃擁有快樂的生活。最好都是卑微而忍氣吞聲，不存在般地存在著。

那時我恍然明白，淡小黃平時為何都躲在高壓電塔下一角休息、玩耍，怯生生地不敢隨

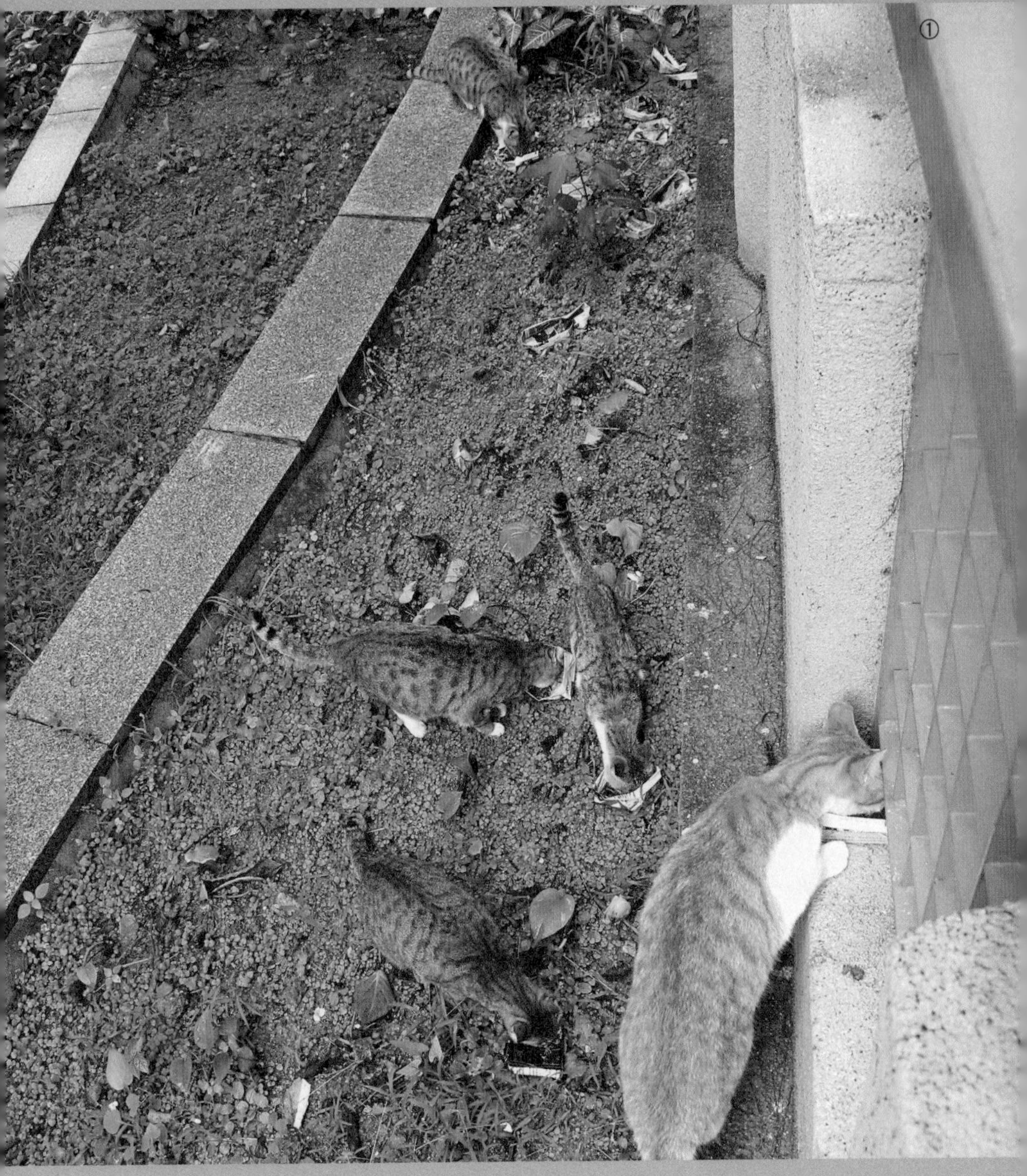

五人幫各自占據一個飼料盒，埋首進食。

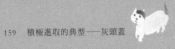

灰頭蓋從角落現身，牠穿梭其中，等到有成員吃飽離開才敢吃。大家都離開後，牠仍獨自梭巡撿食。

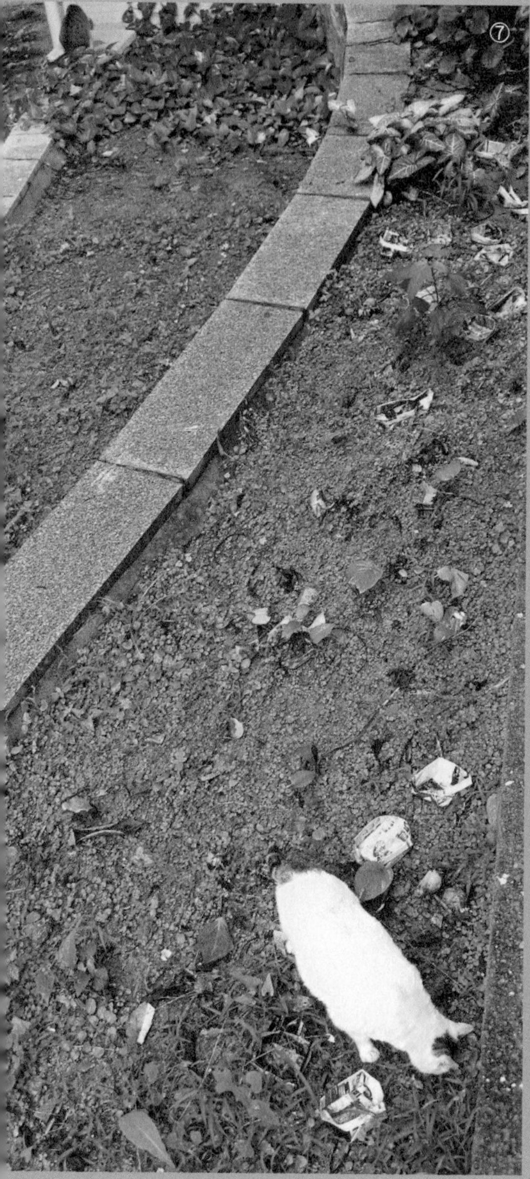
⑦

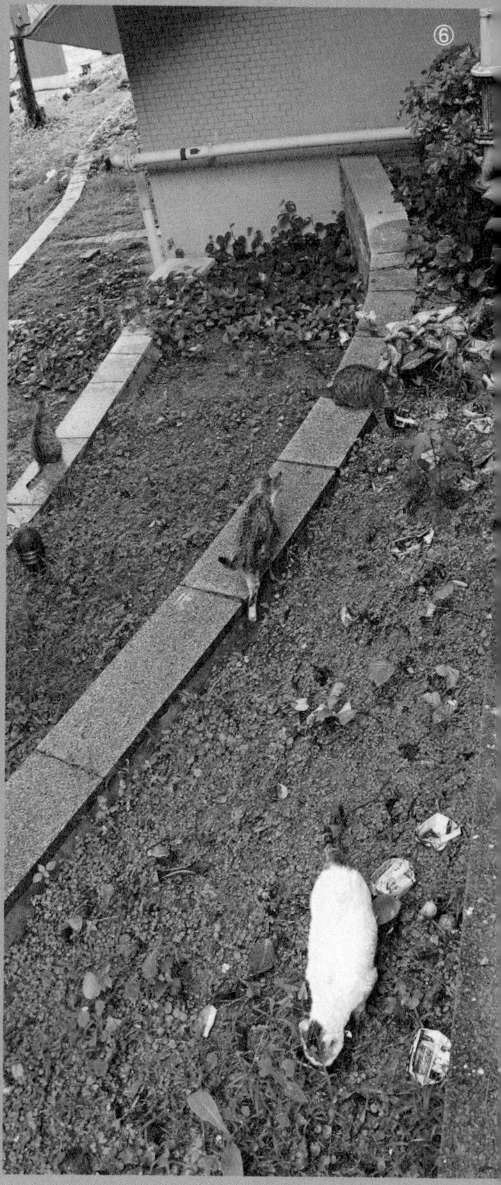
⑥

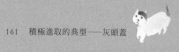

便露臉。原來，灰頭蓋一直在監督和壓制牠。

灰頭蓋雖然對淡小黃兇狠，卻對另一隻新來的貓，小黑手，採取寬容的態度。小黑手這一隻生活得很謹慎，同樣遊蕩在邊緣。灰頭蓋只針對淡小黃，因為淡小黃的地位最接近牠。牠的策略是盯住淡小黃即可，新來的小黑手，交由淡小黃去對付。

現代花園裡眾貓之間的階級地位，大小秩序，鮮明地綻露。團體的力量最大，接續才是那些單獨生活，積極想加入的貓隻，依序於後排列。

後來灰頭蓋不只教訓淡小黃，有天用完餐，看到黃小虎站上高牆，似乎看了很不爽，馬上過去挑釁。黃小虎退讓了，但這一閃避，讓灰頭蓋得寸進尺，掌握機會繼續追擊，當著小白嘴的面，欺負黃小虎。此後，黃小虎總是很小心灰頭蓋的動作。

從灰頭蓋的行徑，我看到街貓的生存策略，以及如何晉升到集團核心的生活方式。牠必須隨時欺上壓下，才能保持自己的位階。我幾乎可以想像，再過沒多久，灰頭蓋會變成核心成員，甚至挑戰小白嘴，躍升為集團的老大。

跑單幫的貓，喜愛大範圍到處遊蕩，這一類多半信心十足，個性強勢，但隻數不多。還有另一種單獨的，多半像灰頭蓋，慣性地屈就於一個地方，努力在那小小範圍裡，爭取自己在集團的地位。

現代花園是灰頭蓋的家園，也是老被牠欺負的淡小黃的世界。果然，那年秋日，灰頭蓋終於有機會和小白嘴等偎倚在一起，而淡小黃取代了牠先前的位置，但也繼續緊盯著那隻新來的，絕不允許牠大剌剌地現身。至於黃小虎，正在老去，逐漸邊緣化，遲早會消失。

灰頭蓋汲汲於生存的努力，應該是很多街貓在外成長奮鬥的縮影，希望牠擁有許多幸運，活得夠久。

淡小黃安身在電塔下。

小黑手位階最低。

黃小虎後來被灰頭蓋欺負。

灰頭蓋

每次醒來，都要確定位階
確定自己的茁壯
不容其他競爭對手踰越
也隨時爭取被認可的機會

小白嘴

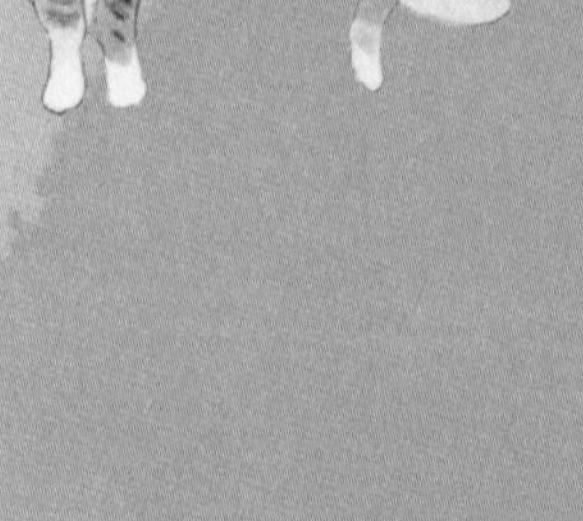

寂靜不動
沉穩如山
所有威嚴都從牠腳爪下延伸而出
隱隱成為集團裡最強大的安定力量

白臉集團

雙人組的奮鬥

開闊的永安廣場，銜接著穿堂和校門，乃多數師生進出必經之地。

但對虎地貓來說，此地猶如沙漠橫隔。兩邊各有集團，彼此少有往來。兩地也都是虎地貓最核心的據點。左側為現代花園，乃五人幫的地盤。右邊中式庭園，散布著余園集團成員。牠們各有八九隻到十來隻，在領域裡來去。余園面積不大，貓群來往緊密，容易感染疾病。現代花園地形較為遼闊，虎地貓患病情形較少發生。

有趣的是，現代花園和永安廣場間，還有一小塊環境，屬於白臉和怒臉這對公貓搭檔的領域。那是一處狹長的花圃，園區內主要有鳳凰樹、細葉榕和樹頭菜等大喬木遮護，樹下則是合果芋密生的草地。

隆冬時節，細雨綿綿，這對貓經常蜷縮身子，在大樓下避雨的位置偎靠一起。等雨停了，

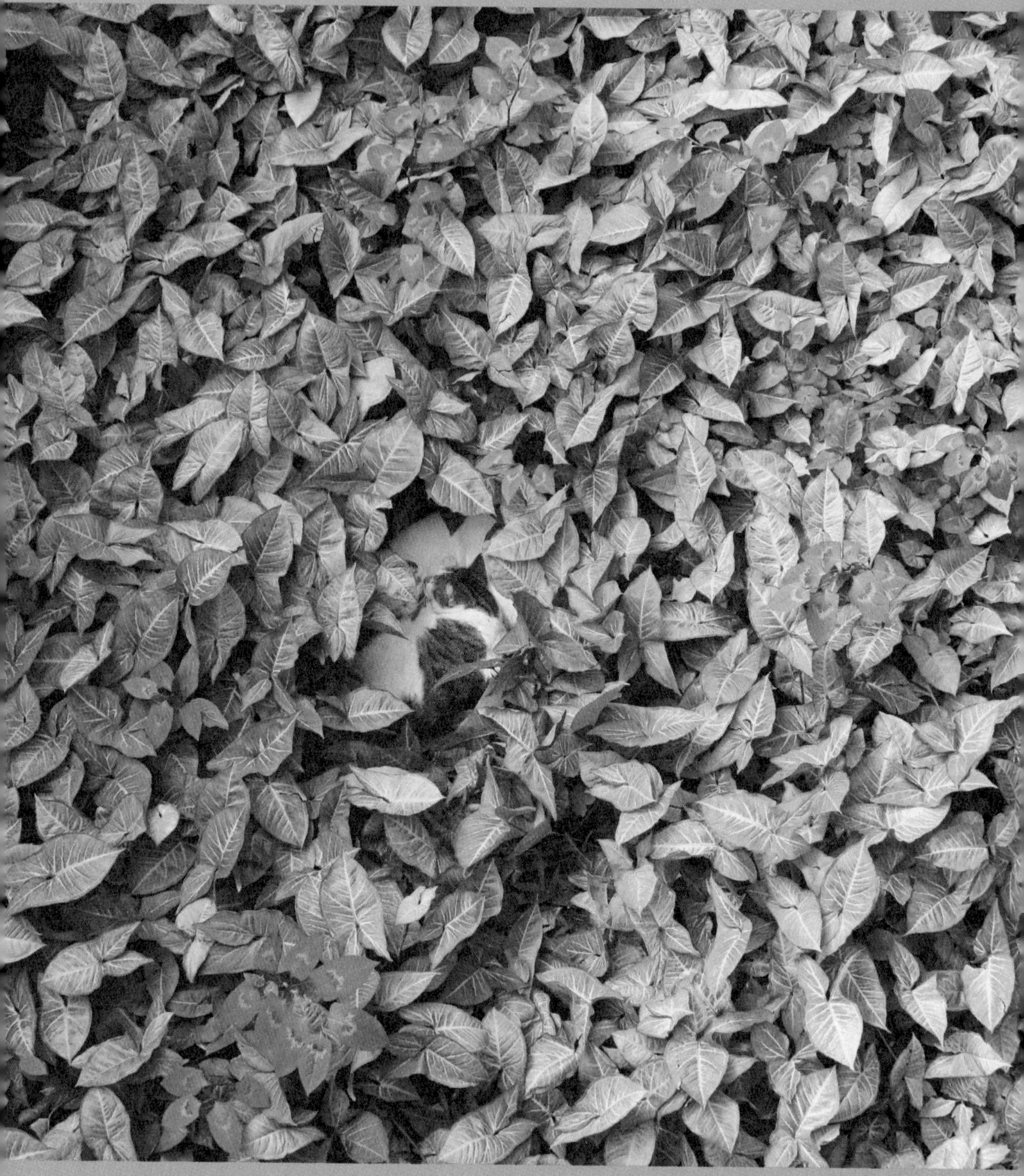

白臉和怒臉藏身在合果芋園圃裡。

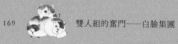

往往移位到青綠濃密的合果芋草地，鎮日趴伏在那兒。合果芋株株長得像姑婆芋幼株，葉大而隱密。牠們躺在裡頭，任何人走過，若不停駐，或者仔細觀看，難以窺察到裡面的情形。

天冷時，虎地貓常集聚並睡，甚而親密地偎倚一塊。貓本來就需要大量睡眠，此時愈加愛臥躺。從樓下俯瞰這等眾貓集聚酣睡的姿態，遠比親近撫摸，更感窩心而溫暖。

白臉和怒臉，這對公貓更是超乎尋常地相親相愛。或許也是這層強力的夥伴關係，才能在兩大集團間，掙得此一位置。平常只見，牠們相互倚靠，蜷曲成團。不時以前爪攀搭對方身子，相互舔舐對方頭部，幫忙梳理這一難以自我清理的部位。

醒來活動時，更是出雙入對，一起覓食，一起徘徊，焦孟不離。白臉比怒臉敏感，一有狀況都先驚醒，率頭離去。怒臉再跟著起身。兩隻貓會不會勢單力薄，難以對抗其他集團？一點也不，兩隻都長得健壯高大，因而在兩大集團中，還能維持一方勢力範圍，不管哪邊，都有一道清楚的隱形疆界。五人幫緊鄰在旁，卻清楚範圍，絕不越界。遑論余園集團，隔著寬闊的永安廣場。

這一領域也不只有牠們。還有兩隻算是寄人籬下，分別是小可憐和小黑點。這兩隻雖常一起出現，但各自活動。

公貓小黑點棲息的位置，接近白臉和怒臉，但很怕被牠們察覺。有一回，牠在鳳凰樹下，

白臉和怒臉相親相愛，相互幫忙理毛。

白臉（左）和怒臉（右）出雙入對。

被怒臉修理後，驚嚇得不敢再在那兒現身。牠被迫退到後頭的噴水池活動，跟怒臉保持距離。

母貓小可憐長得瘦小，白臉搭檔根本無視牠的存在。牠是隻暗色虎斑貓，瘦弱而嬌小，很愛黏人。落單的牠一直在尋找伴侶，試圖親近其他貓。

我初來時，小黑點本來有一位夥伴，叫短尾，兩隻形影不離。生活領域在噴水池附近。有天黃昏，三位學校的行政人員帶著紙箱前來。她們是愛貓人士，最近餵食時，注意到短尾的眼睛不太對勁，可能有大量分泌物。她們試圖捕捉，帶到獸醫那兒看病。

麻煩的是，她們沒有捉過貓，遂要求我幫忙。我們利用飼料誘引，或者以眾人圍捕，結果耗費了兩個小時，最後宣告放棄。在捕捉等候的過程裡，我跟她們閒聊，這才知，學校裏不少貓都有腎衰竭或者貓愛滋的問題。這些愛心的貓志工時常自掏腰包，帶學校的貓到外頭去看診。

隔天，她們改用堅壁清野的策略，只在籠子裡擺放飼料，才逼使短尾就逮。怎知，帶到動物醫院後，因生病過重，無法醫治了。害大夥兒很自責，也很傷心，早知有此結局，還不如讓牠在這兒自然消失。

短尾不再回來後，小黑點孤伶伶，常在噴水池晃蕩。有時小可憐想靠近，但小黑點保持距離，不想跟牠結伴，寧可獨自活動。

小黑點（上）失去同伴短尾後，寧可獨處，不理會小可憐（下）。

小可憐想要一個同伴。

小黑點局限在噴水池附近活動。

話說白臉搭檔偶爾會到噴水池覓食，小黑點自是閃得遠遠，小可憐也會跟牠們保持距離。多數時候，白臉集團謹守在此一狹長地帶遊蕩，不會越過此區，跟其他兩區的貓衝突。

整個冬天，白臉搭檔多半在合果芋草地變換棲息位置，日子過得悠哉，直到旁邊的大樓開始整修。

大樓修建時要搭鷹架，整個地貌大幅改變。此時，白臉搭檔還能忍受工程的敲打聲，第三隻貓也介入了。一隻偶爾出現的短尾貓紅鼻子出現。紅鼻子跟牠們先前是什麼關係，我不甚清楚。但春初以後，這對搭檔變成三人行。一起睡在合果芋草地。更多時候，還是紅鼻子和怒臉一起，反而讓白臉落單了。

等鷹架搭好，建築工人進進出出，油漆汙漬掉落許多，合果芋草地受到很大影響。三人行的情況又有了改變。白臉繼續單獨來去，彷彿獨撐大局，怒臉和紅鼻子則跑到他地。

天氣逐漸炎熱，虎地貓不愛相互倚靠。又過一陣，紅鼻子得了腎臟病，變得愈來愈瘦。怒臉也很少跟牠走在一塊，不知去向。整個區域繼續剩下白臉孤立著，還有小可憐在遊蕩。

現代花園的貓群大概感受到了，逐漸擴大生活範圍。以前白臉和怒臉活動的水渠邊，現在逐漸有五人幫進出。

人類對環境的干擾，明顯地改變了一支族群的命運，包括牠們之間的關係和生態。但這

短尾（右）和紅鼻子（左）先後罹病。

白臉後來變成獨行俠。

紅鼻子成功插足，雙臉組變成三人行。

只是一微不足道的小事，不會有人注意。我在台灣也遇過好幾回同樣的情形，一群貓的穩固關係和階級地位，因建築工事帶來了環境變化，整個族群的關係快速瓦解。

我最懷念，站在二樓陽台，往下俯瞰，凝視著牠們，在草地裡緊緊相擁入眠的情境。街貓若有此美麗時光，想必是最大的幸福了。

怒臉不知去向，真希望牠依舊躲在合果芋園圃裡。

白臉集團

睡覺時，牠們常以腳勾搭
展現堅強的友誼
相互的支持
圈出最小而美麗的家園

幼小的新住民

小山果

旅居的最後一個月。星期一早晨，經過余園池塘時，聽到了小貓的淒厲叫聲。乍聽到，還以為是黑斑懷孕出生的孩子，終於出來活動。等到接近，才發覺不是那麼回事。陰暗的觀音棕竹草叢裡，有隻褐白色的小貓正在哀嚎。那隻小貓看起來才剛剛斷奶，立即被遺棄。可能是昨天例假日，有人偷偷帶到學校來丟置。

不少外地人知道虎地照顧了許多街貓，因而欲棄養時，都會想帶到這所大學。虎地為何多貓，主因便在此。其發展後來一如猴硐貓村，假日時常吸引遊客走訪。小山果，無疑是在此一背景下，莫名地被人帶到此。

小山果似乎以花圃牆角的地洞為家。那是條扁長的隙縫，牠只敢站在那兒鳴叫，一有任何動靜隨即躲回地洞裡。從小即具有這樣的避敵意識，我研判，牠原本就是在較為不友善的

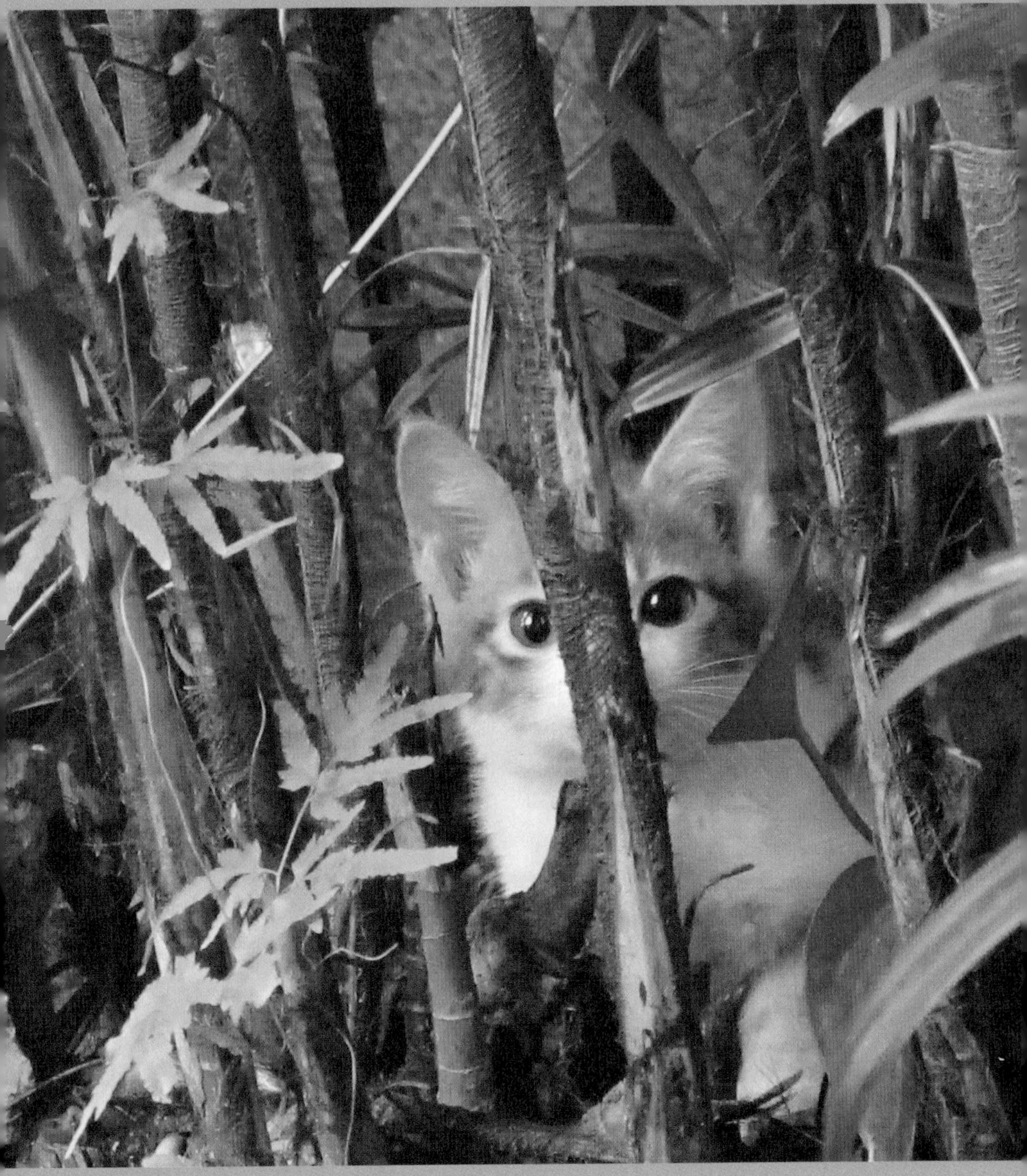

初到校園，小山果躲在觀音棕竹草叢裡，露出一雙明亮的大眼。

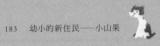

環境長大，只是不知何故被帶來。

牠似乎也很困惑，自己為何出現在此，於是大聲哀嚎，叫得周遭都聽得清楚，但一看到人接近，馬上機伶地躲入護牆下的幽暗地洞，遲遲不願出來。有時只在洞口露出模糊的小臉，怯生而驚恐地看著外頭的動靜。後來，觀察了三四天，才清楚窺見，牠擁有褐斑白毛的外形，以及一截醜陋的短尾，好像鬆脫的絨毛。

乍聞其哀嚎時，再看到一對大耳，瘦小乾癟的身子，很擔心牠還未斷奶，飲食會否出現問題。愛貓人士放置的食物，多半是乾飼料，我更懷疑小山果是否咬得動。況且食物離牠至少五公尺遠，擺置於空曠地區，中間都是隱密的盆栽草木。我擔心，牠可能無能力，或者沒有勇氣走到那兒覓食。

更重要的是水源。餓肚子是一回事，沒有水，恐怕難以生存。所幸，那幾日落下毛毛雨。但我仍擔心，小山果是否能及時取得水源。或者只能就著樹葉，沾一些水分撐住瘦弱的身子。

隔天，不在此餵貓食的我，還是破例，買了鯖魚肉的貓食罐頭。一大早便把食物放進四方形紙盒，放到洞口上方的小平台。不消幾分鐘，小山果聞著美味，跳到那兒大口嚼食。我想，牠八成是餓壞肚子了，埋頭唏哩呼嚕，很快就吃得一乾二淨。魚肉罐頭含有醬汁，看到牠吃飽，我當然安心許多。牠能如此敏銳地嗅聞到食物，馬上跑出來吃，足見已擁有尋找食

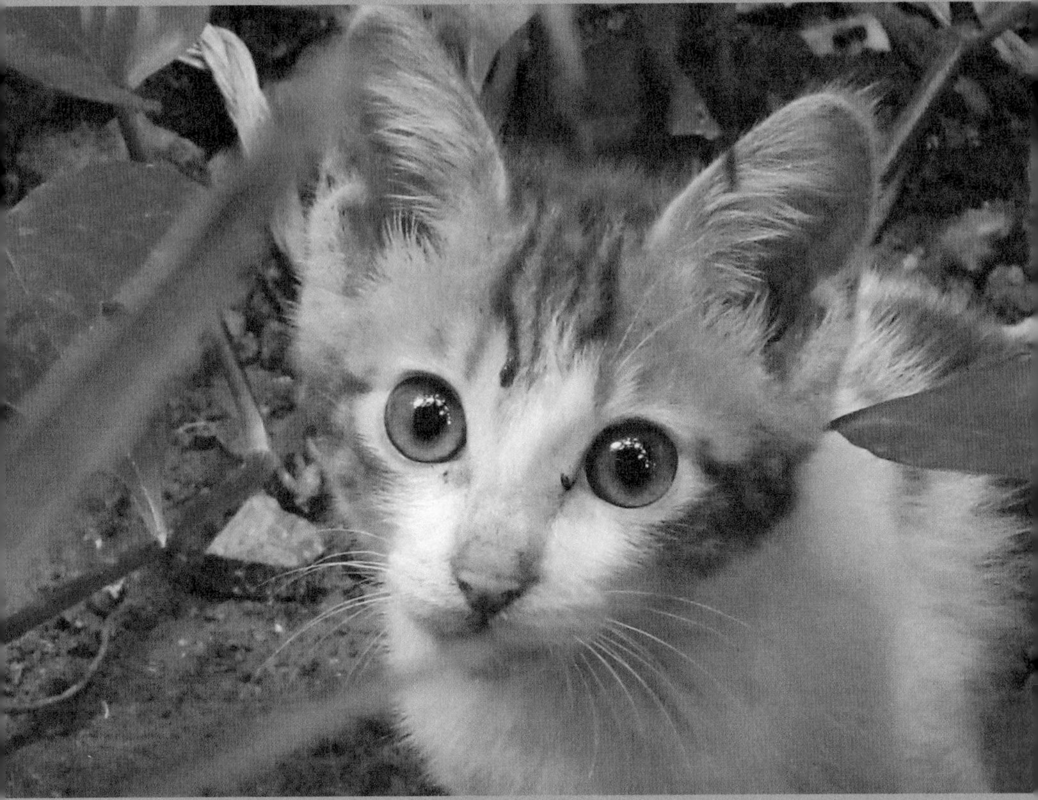

小山果經常瞪著大眼，一臉驚恐。

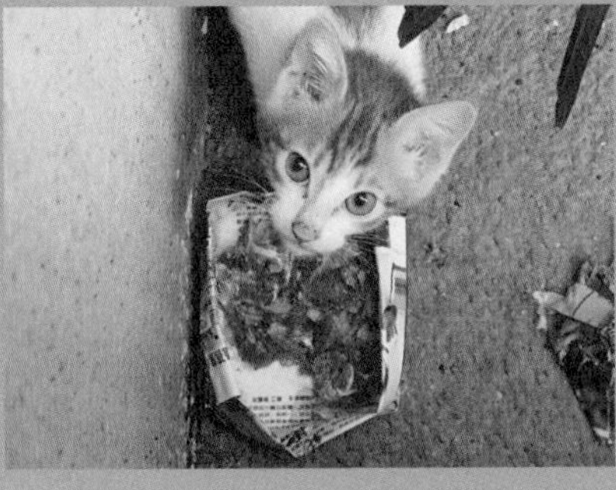

擔心牠撐不住，我買了一回貓食罐頭。

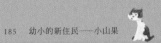

物的能力了。

虎地許久沒有年輕的小貓出現，除了小狸之外，牠是最小的。雖是外頭進來的棄貓，但看到牠出現校園，還是充滿添注新生命的振奮。

不過，我這一放置罐頭食物的行動，引發了旁邊余園和龜塘大貓們的覬覦。對牠們而言，乾飼料猶如每天都在吃滷肉飯，突然間罐頭出現，彷彿牛排大餐一樣。我離開不到一分鐘，便有大貓接近。我只好愛屋及烏，順便餵食，以免這些大貓搶奪小山果的食物。

好幾次，我看到大貓在洞口出現，小山果也會驚嚇地躲回洞口裡，顯見牠不只對人陌生害怕，對其他大貓亦充滿防衛之心。

過了兩星期，小山果的行動能力明顯增強，活動範圍逐漸擴大到三公尺外，也開始啃乾飼料。同時，常在洞口玩耍，好奇地捕捉飄飛而過的蝴蝶，或者撲擊經過的飛蟲。尋常小貓的探險行為，都在牠身上展露。這也意味，牠熟悉環境了，甚而以此為領域。牠的好奇動作，讓我想起了住在不遠的小狸。小狸有時展現的幼稚動作，便是這樣愚騃。

旋即，牠的棲息位置也開始變換。除了洞口，還常蹲伏在觀音棕竹叢裡面，藉著茂盛的植物保護自己。小山果每每擺出清純無瑕的可愛表情，從竹叢裡遠遠地盯著外頭，非常清楚我無法接近。

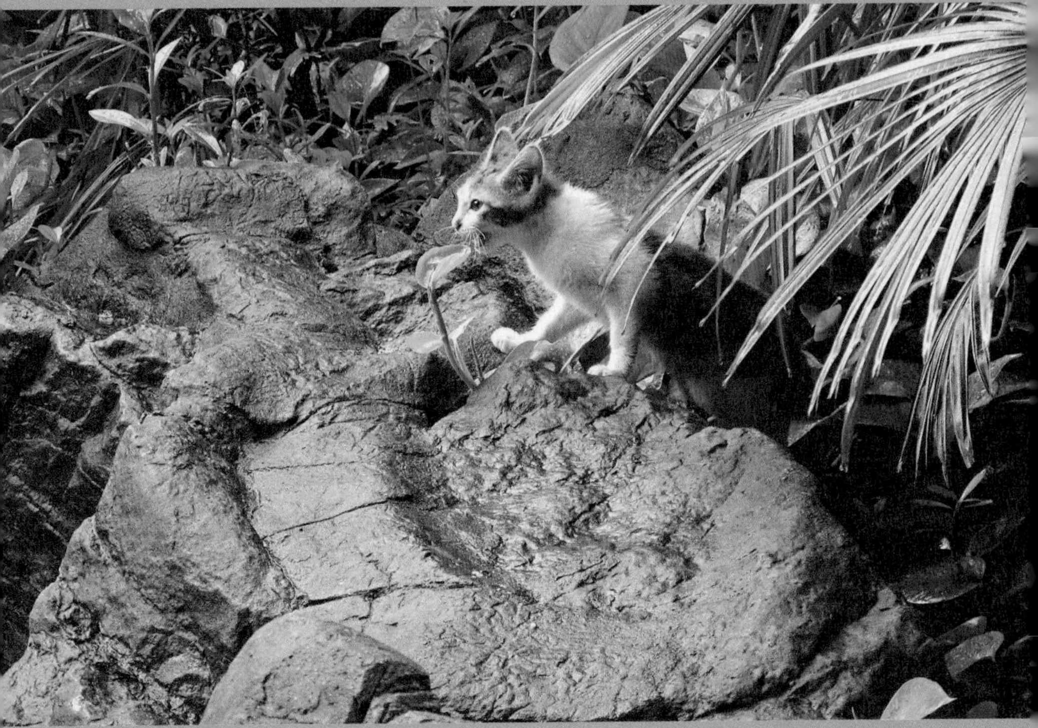

兩星期後，小山果不再躲藏，站上岩石露臉。

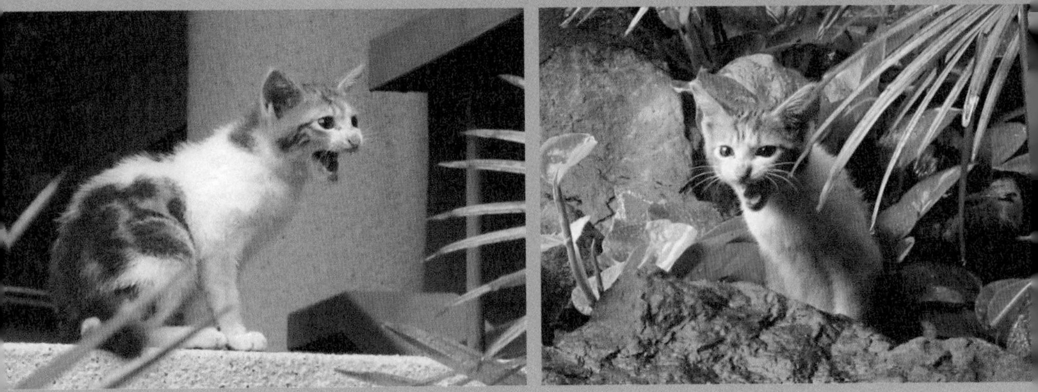

早上七點出頭，岩石和護牆輪番成為小山果大聲鳴叫的舞台。

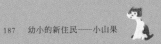

漸漸地，小山果也敢露臉，站到岩石上鳴叫。尤其是早上肚子飢餓時，牠繼續如過去般叫得響亮，彷彿早該有人拿食物過來。牠的勢力範圍慢慢擴大到三公尺外半徑時，早已擁有能力，跳上一公尺高的護牆。

我不知牠如何做到，總之就是天生好手，經常態若自如，站在那兒梳理皮毛。梳畢，繼續鳴叫，猶如初生，挨餓多時的小鳥。

牠的聲音蒼涼、悲愴，好像在懷念母親或者其他兄妹。從初次到來，那鳴叫聲都不是「喵」一聲，而是粗啞的怪叫，彷彿受到了極大的驚恐和不安。只是隨著日子一天天過去，牠不再鎮日嘶吼，轉而集中在清晨和傍晚時分。

光天化日，胡亂鳴叫是非常糟糕的行為，容易引發危險。牠太早離開母親的懷抱，沒有其他大貓教導下，正在犯致命的錯誤。還好，這兒是校園，沒有人會傷害牠。牠得以安然無恙。小山果恐怕還要摸索一陣，才會跟其他虎地貓一樣靜默地生活。如果這兒每隻貓都如牠嘶啞地大吼，恐怕會形成噪音。

除了不當鳴叫，小山果仍堅守一隻小貓的謹慎，清晨時出來活動，用完餐便休息，躲入地洞，下午再出來。晚間離洞口往往會遠一些。

有些大貓繼續經過洞口，探看一下，似乎清楚，也習慣了，有隻小貓在此，並未對牠產生排斥。我隱然感覺，食物充裕下，這是一種不欺負弱小的基本道義吧。在大貓之間，吃食物還是要依等級，地位高者往往占領食用的先機。小山果若年紀大一點，像小狸，恐怕就不是這等待遇了。

小山果的犀利叫聲也引來警衛、清潔工和學生的注目，許多人經過時，都會往那兒探望，看看牠今天如何，有時順便帶食物來。小山果並不愁食物匱乏，恐怕還是不解自己為何出現在這裡，或者做錯什麼。那持續的哀嚎聲，發出了這一強烈訊息。

牠得學習儘快適應環境。周遭都是大貓在棲息，如何跟這些前輩打交道，恐怕會是在此存活的關鍵。

我離開校園後，一位女同學繼續銜接我的觀察。又過了一個月，她寫信告訴我，有天晚上，小山果和一隻余園的貓並臥在草叢上休息，兩隻貓離得很近，像是親密的夥伴。

那隻會是誰呢，我一直未追蹤到。但幾可確定，小山果安定下來了。後來那位學生又來信說，牠的夥伴全身白淨，只有尾巴充滿虎斑，我猜是小狸。

我想像著小山果，跟一隻身軀大牠兩倍的成貓，一起在岩石附近納涼。突然間，浮昇一個美好想像。兩隻幼貓一起成長，相互扶持。虎地貓隱隱擁有一個充滿願景的未來，或者繼續某一美好生活的延伸。

小山果棲息的一方小天地。

小山果

牠像小王子一樣降臨
虎地才是真正的星球

加映場

福州貓

望著台灣的輪廓，乍看間，有時真像一隻貓蹲坐的背影。

回台之後，因為想念虎地貓，我嘗試尋找適當的區域觀看和記錄。初時最常拜訪的地點是猴硐，一處煤礦廢棄多年的小村鎮。一處封閉的山谷，前有基隆河阻隔，如今集聚了許多街貓，適合做為長期觀察的地點。只是離台北有些距離，必須搭乘火車抵達。再者，遊客太多，我的觀察常遭到干擾。街貓患病比例亦偏高，更讓人不忍旁觀。

我還是回到台北的街衢，到處漫遊，以不小心撞見的方式，跟街貓對話。愛貓者常有一種奇妙的悸動，只要街貓出現，對你凝視個三四分鐘，你的靈魂即被勾引而出。日後，常會情不自禁地流連，或者多待一兩分鐘，看看是否有某一緣分，在這角落遇見更多的可能。更多生命的溫暖。

街貓帶來的豈止是生活緩慢，尊重弱小生命的意義。一個人面對城市和人群，自我難以敘述的挫折和微小，在牠們身上具體獲得寄放，得以釋放更大的正面能量。我們彷彿拖著人生笨重行李的旅客，發現了適合的置物櫃，把它寄放進去，開始了另一段輕鬆的旅程。

在城市裡，不少街貓朋友，常有一種奇妙的羈絆。有時只是走過巷弄，看到一隻貓悠閒而困惑地看著你。那種情境總會創造難以敘述的莫名快樂，不可名狀的幸福。

八月初，在回家路上的某一巷弄，我注意到一對母子，黃耳和小葫蘆。原本住在摩托車店。未幾，搬移到十公尺外的一〇八巷。

我因為牠們，認識了摩托車店的老闆。有一回，他起心動念，餵食後，這對母子便常到店裡休息，最後賴在店裡。接著，他也不知如何處理，只好採取減少餵食的次數，同時將貓盆移到一〇八巷。這對母子才在巷口裡長時落腳。接下的日子，換成路過的愛貓人士，固定在那兒餵食。那兒遂形成一個覓食集團，總有六七隻街貓集聚。

黃耳是母貓，看來有些蒼老，形容疲憊。幼貓叫小葫蘆，看到牠時，我不免懷念虎地貓的小山果，因而對牠產生移轉的情感。

沿一〇八巷走進，裡面大約有三四十戶人家，住戶都是木工和修墳者為多。平時只見這款人士來去，並未有太多人往來。小小鄰里，不過兩個籃球場範圍大，左右被捷運站和加油站夾住，後頭則是福州山大片森林和墓園橫陳。寬闊的辛亥路則如大河奔流在前，不論何時都有車輛密集而高速地行駛，把它和世界隔絕。

在這一狹小巷弄和簡陋屋宇的空間棲息，喧囂大於髒亂。這群街貓的生活環境不算友善，只能安然苟活。我以福州貓稱呼。

虎地貓、福州貓，兩個街貓故事，一長一短，陸續發生在我的生活中。不論是個別議題或對照，都不斷在挑戰我的自然視野。

當一個人想要尋找自我本質最單純的那一部分，他和街貓的關係就會延續不斷。縱使又和另一群街貓告別了，那只是像種子休眠。在另一座城市，另一個角落，他會遇到另一群，再遇到自己。街貓的故事像草本植物的盛開，不管野地或大或小，時候和環境到了，就會青綠起來。

看到黃耳和小葫蘆這對母子，不禁懷念虎地貓的種種。

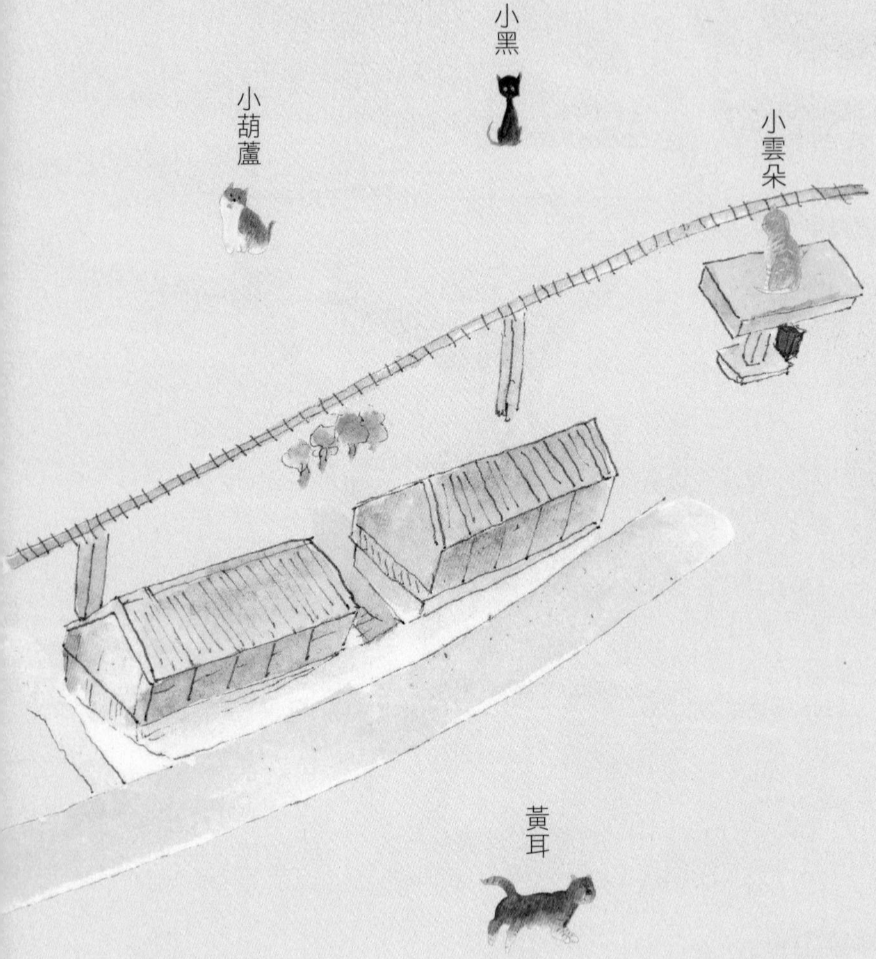
小黑
小葫蘆
小雲朵
黃耳

福州貓成員

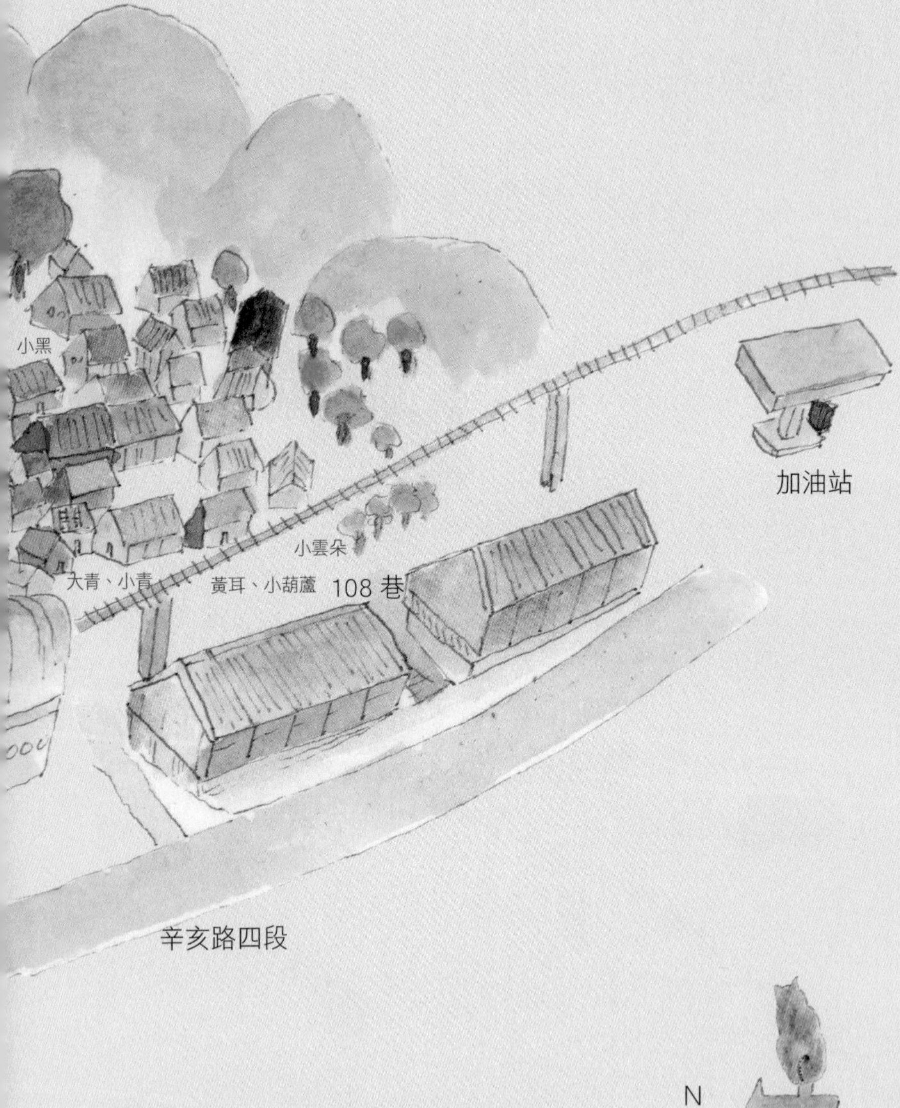
小黑
小雲朵
大青、小青
黃耳、小葫蘆
108 巷
加油站
辛亥路四段
N

福州貓
分布圖
福州山
汽車駕訓班
白足
辛亥捷運站

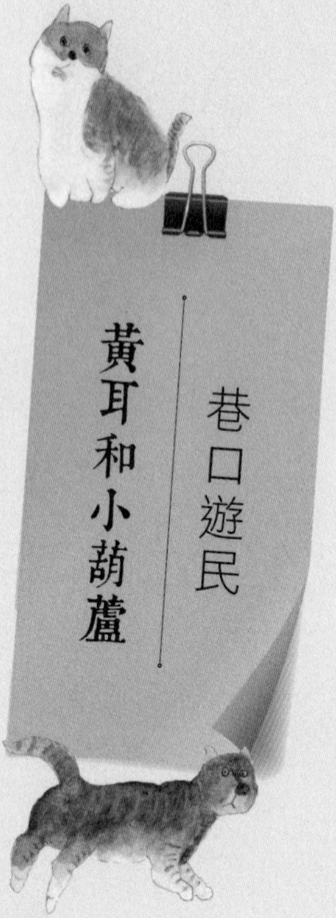

巷口遊民

黃耳和小葫蘆

一〇八巷入口是一排石綿瓦住家，固定棲息著三隻貓，其他多在晨昏時出沒。除了黃耳和小葫蘆母子，還有小雲朵。

黃耳體型最為壯碩，因為只剩下一隻幼貓需要照顧，僅剩一個縮小的粉紅奶頭露出，即將斷奶。小葫蘆不時挨近黃耳，或站或臥，仍習慣接近其肚腹。

小葫蘆不時有此動作，顯見仍有吸奶習慣。黃耳並未拒絕，但偶爾會刻意擺脫牠的接近，似乎在暗示這隻幼貓，吸奶時日不多了。小葫蘆也能吃飼料，但還是很仰賴黃耳，縱使沒奶了，依舊習慣性硬咬黃耳的乳頭。小葫蘆有時咬得用力，黃耳的乳頭還會溢出白色乳汁。

小雲朵長相跟黃耳近似，只有鼻頭顏色略為淺淡，可供分辨。摩托車店老闆告知，牠是黃耳上一胎懷孕時生下的孩子。如今一歲，仍滯留在巷口，黃耳並未驅趕。小雲朵應該有兄

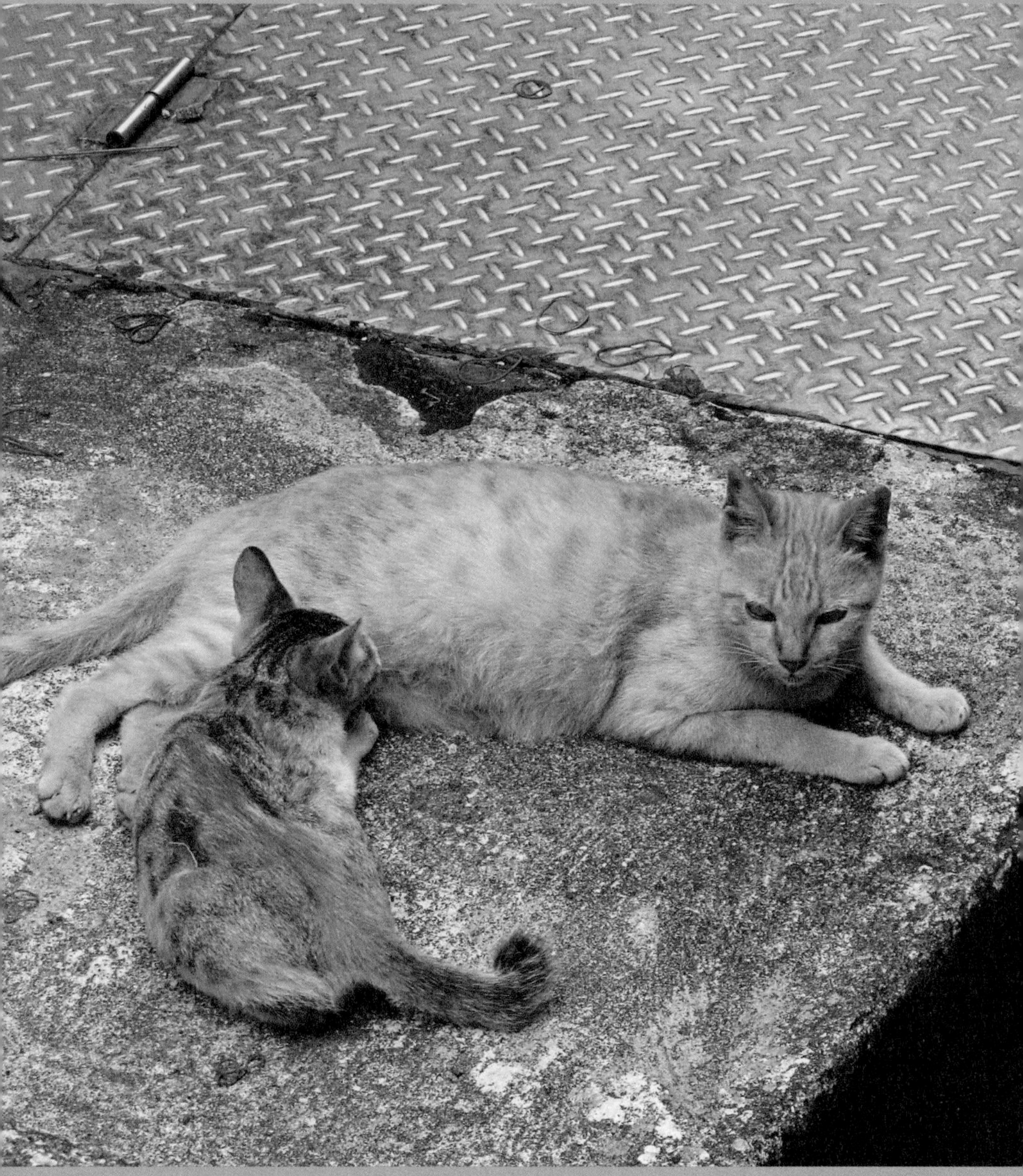

小葫蘆不用跟兄弟姊妹搶奶喝，不曉得牠是否感覺孤單？

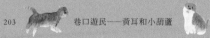

弟姊妹，但在成長過程中，無法如牠一樣安然長大。

小葫蘆從毛色一看，即知是三花貓，母貓也。前幾日，牠突地蹦跳上一輛小車車頂，似乎刻意要我仔細端詳。從其嬌小瘦弱的身形研判，出生恐怕才一個多月。至於為何只剩一隻，野地什麼都可能發生，便不予揣測。

只是不少市區的街貓常剩下一隻，很可能這類環境較為兇險，一隻以上，母貓恐怕都照顧不來。最後剩下一隻，容易養護，說不定是街貓的生存策略之一。小雲朵和小葫蘆都是存活的最佳例證。

根據摩托車店老闆的印象，黃耳在巷弄少說住了三四年，幾乎年年都生小貓。一年平均兩胎，大概已生四五次。每次都弄得又臭又髒。上個月，牠又生了兩隻，但大一點那隻，黃耳似乎察覺什麼狀況，刻意不餵食。沒多久，那隻小貓被馬路行駛的車輛撞死。

摩托車店老闆後來雖很少餵食，黃耳有時還是會帶著小葫蘆，去那兒磨蹭。但多數時候，三隻貓習慣在巷子休息。吃飽了，便找一個高位的冷氣機上頭趴睡，或者找一處陰暗角落休息。小葫蘆當然一直跟著媽媽，有時小雲朵也靠過來。

小雲朵會藉機欺負小葫蘆，尤其吃飼料時，常以爪威嚇。黃耳視而不見，可能希望小葫蘆獲得一些成長過程的教訓。但小雲朵過得恐怕也不快樂，其他福州貓反而最愛欺負牠。

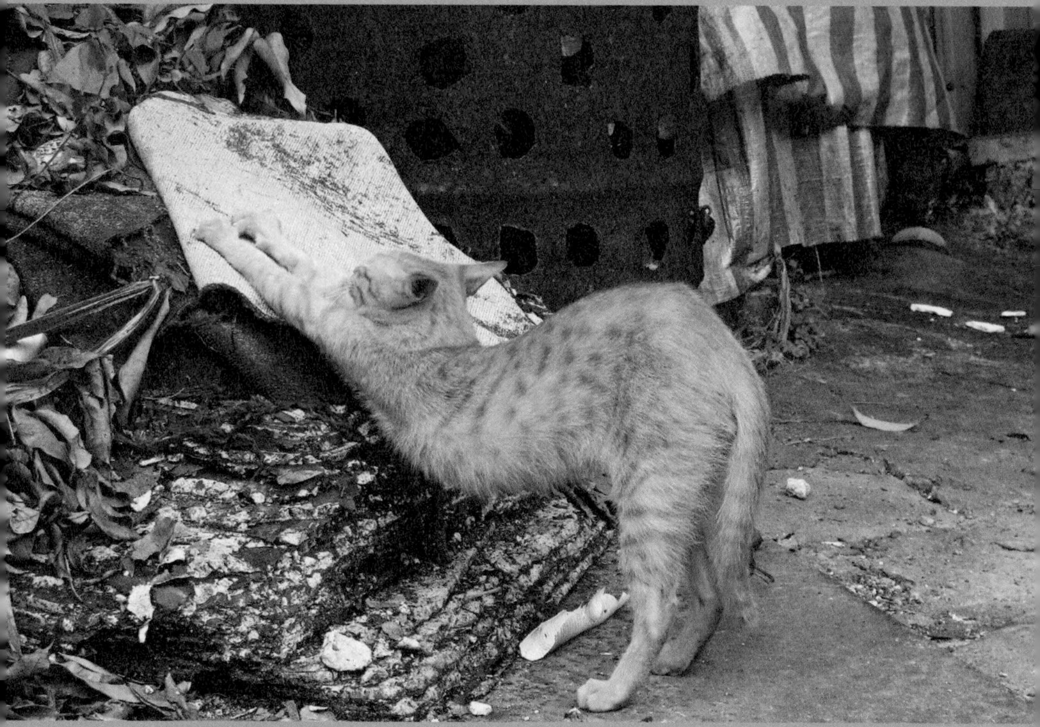

一歲的小雲朵伸懶腰。

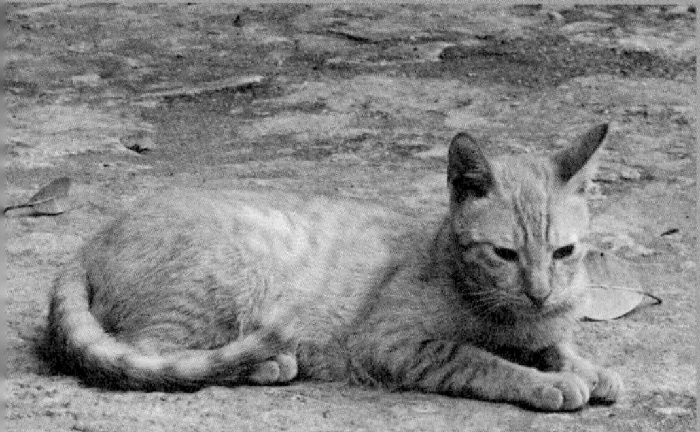

小雲朵貌似黃耳，但鼻頭顏色較淡。

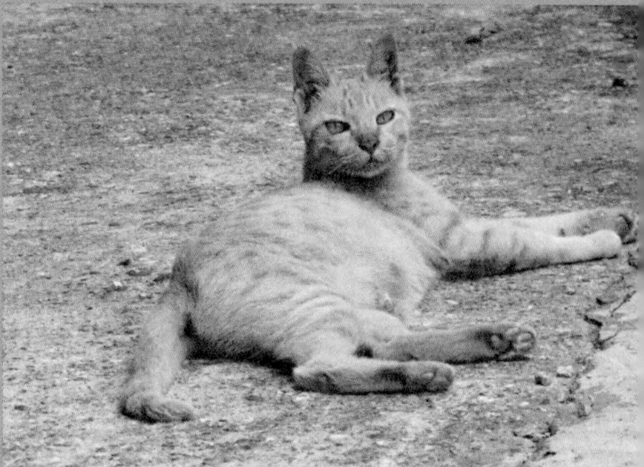

黃耳在一〇八巷待了三四年。

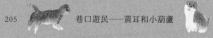

晨昏時，固定有兩隻福州貓會出現。公貓白足和母貓小黑，都是跑單幫，活動範圍較大，餓了時才回來找食物。

小黑局限在附近巷弄活動，我搭乘捷運回家時，從月台偶爾可以眺望到牠，佇立鐵皮屋上，跟其他福州貓在那兒翻滾，趴躺。或者長時間，享受某一難以敘述的慵懶。

白足常越過捷運辛亥站，遠遠地橫跨到另一個公寓社區。貓的活動距離愈長，地位權勢應該愈高。白足在兩個區域，都會威嚇當地的福州貓，小雲朵便吃足苦頭。

我要去搭捷運時，偶爾會看到牠，大搖大擺，穿越修建中的公寓大樓，準備到另一個轄區。此間福州貓，很少有如此行徑者。只有相當強健的，才有此能力。

一〇八巷是公共食堂，黃耳母子較弱勢，只好長時盤據此一離食物最近的地方，方有安全感。陽光明媚的天氣，牠們若睡眠飽足，活動較多，但也只是在附近晃蕩。

小葫蘆活動力最大，經常展現小貓愛玩耍的性格。有時會挑釁母親，刻意戲弄牠的尾巴，或者掠撲其頭，又或鑽過牠身前，試圖激怒。毋庸置疑，母親也透過遊戲教牠。

有時，牠跑去山坡地探險，咬食二耳草。在嶺大，我常看到虎地貓吃這種野草。小葫蘆總是咬了好幾回，不斷地跳上跳下。因為有母親伴護，玩性明顯強了許多。黃耳也會到小葫蘆咬過的地方找野草，但啃咬的是比較大的牛筋草。

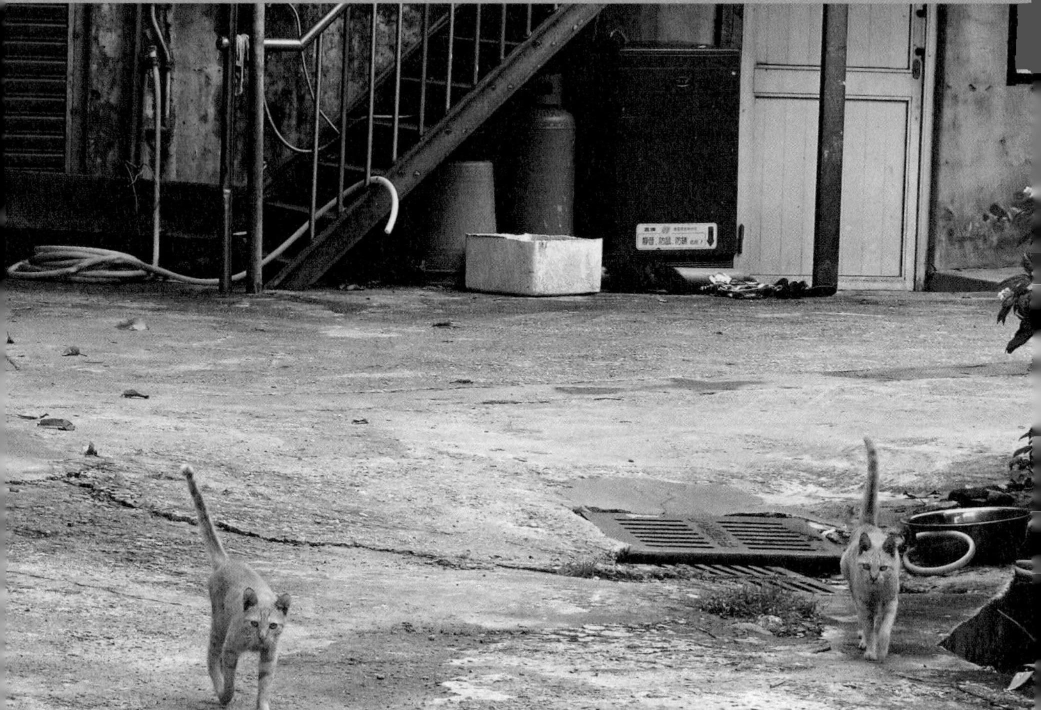

黃耳（右）和小雲朵（左）彷彿孿生姊妹。

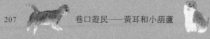

有回夜深了，經過一〇八巷，小黑和黃耳家族都生龍活虎地靠過來，豎高尾巴。連小葫蘆都高舉著棉花棒般的短尾。顯見牠也在學習展示友好，還興奮地衝到人行道，跳上花圃。我很擔心牠跑到馬路上，急忙離開。此間馬路上的車子行駛速度特別快，街貓一定難以閃躲。

我跟大家熟悉後，黃耳家族不時會尾隨我，走到摩托車店。小黑和白足懼生，仍留在巷子。小黑起初似乎很神經質，總是躲在車底下，疑慮地仰看著我。直到晚近才願意接納我的存在，偏好發出喵叫聲示好。白足還是躲在隱密處觀看，彷彿不存在般。

有一回，我到摩托車店聊天，老闆和一群人正在喝酒。我問他們最近有無餵貓食，他點點頭，帶著醉意反問我，要不要把小葫蘆帶回家飼養。聽口氣，他快受不了這群福州貓。一〇八巷進去的鄰里封閉如山谷，夜深後，巷弄常流動著不好聞的貓食氣味。還好周遭住家不多，未造成困擾。只有摩托車店老闆，偶爾啜酒後的小嘮叨。

小雲朵愈來愈愛欺負小葫蘆，常故意把瘦小的小葫蘆頂撞開來，或者大力揮動爪子，趕走小葫蘆的接近。但不是很兇惡的方式，只是大欺小。

有一天，小葫蘆不知為何闖進隔壁的廟堂裡頭，意外被鎖在裡面。牠不斷地來回奔跑吼叫，抓門，意圖衝出，但喊了一整天，還是沒辦法。直到廟公回來，開了門，才得以和母親碰頭。黃耳可是老神在在，似乎早已預料有此事發生。小雲朵更不在乎，一直趴在冷氣機上。

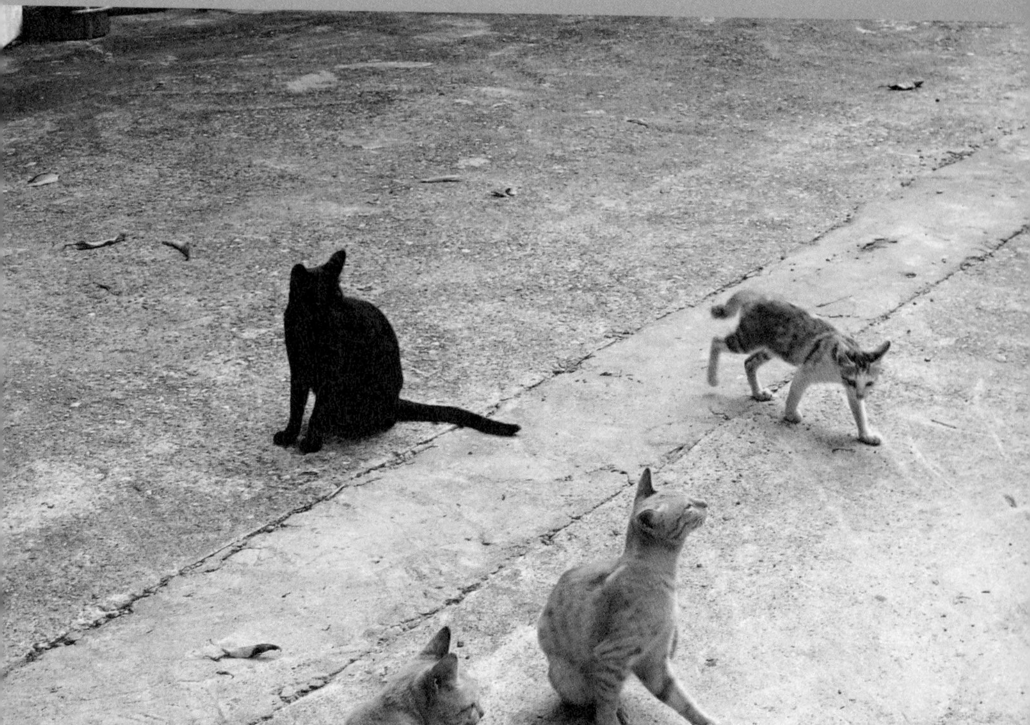

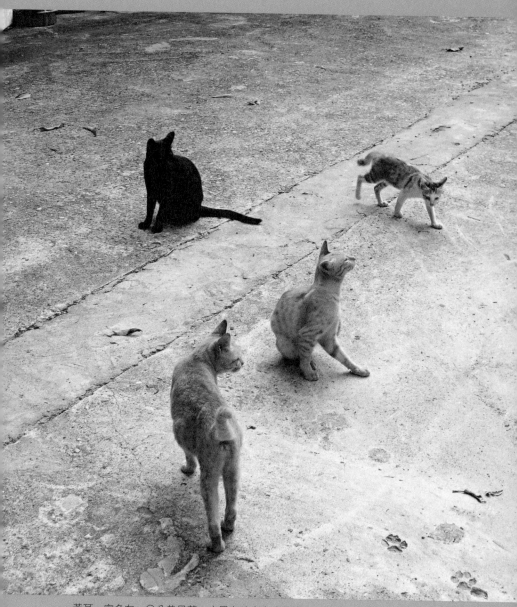

黃耳一家多在一〇八巷晃蕩，小黑有時也來湊熱鬧。

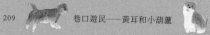

觀察兩個月後，有一天，小葫蘆消失不見了。我慌張地去問摩托車店老闆，但他也不知道原因，只是大膽研判，以小葫蘆到處闖蕩的情形，很可能被車子撞死。摩托車店老闆在形容時，彷彿在描述一個尋常路人遇到車禍。我生悶氣好些時日，不想理他。

黃耳和小雲朵繼續住在那兒，白足和小黑偶爾出現。黃耳肚腹愈來愈大。有位愛心人士，趁餵食時，把牠引進鐵籠，帶去結紮。回來後的黃耳雖有些病懨懨，但仍照常進食。

此時，巷口的整排水泥房開始整修，巷弄裡塵土飛揚，福州貓恐難在此生存。沒多久，黃耳真的消失了，小雲朵也跟著不見，連白足和小黑都未再現身。

整個巷口因這突如其來的環境改變，一夕之間，福州貓都不見了，一如我在其他地區的經驗。可能是看過太多街貓的生死吧，我的心情雖未跌至谷底，但有陣子很難再經過那裡，一直刻意繞路回家。害怕經過時，總要伸頭探望，進而觸景傷情。

小葫蘆係三花貓。

小葫蘆練習咬草。

小葫蘆一個多月大時，模樣嬌弱。

小葫蘆

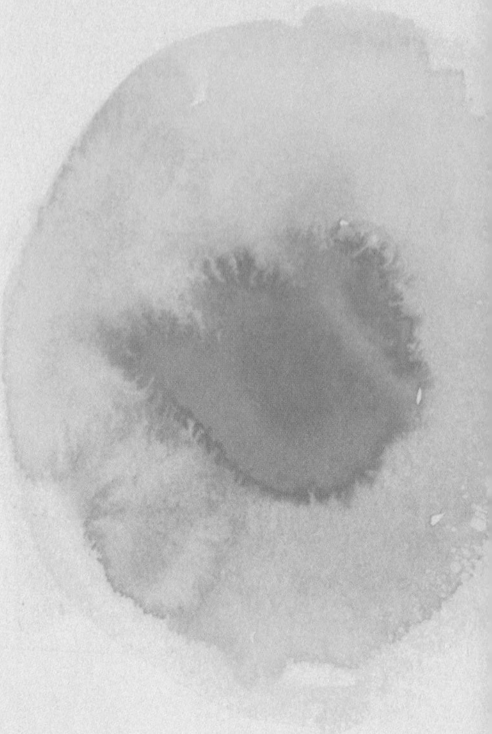

牠的眼神天真、單純
但一隻街貓不值得活著的茫然
也不時流露

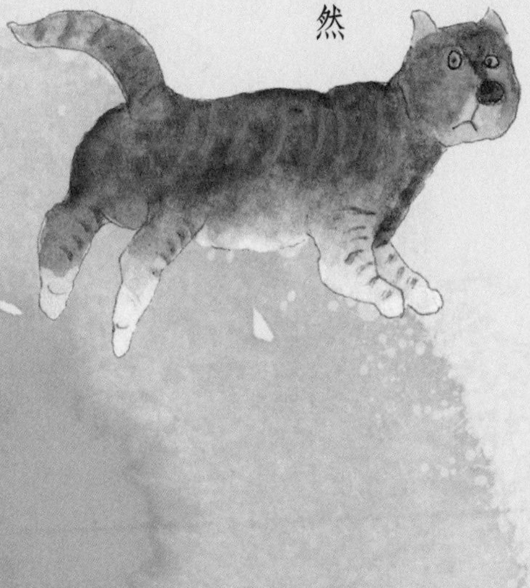

街頭小霸王

白足

霸氣的白足，行徑總讓人想起虎地貓一條龍的傲慢。但牠的體型更加壯碩，一現身一〇八巷巷口時，對其他福州貓都隱隱帶來威脅。

黃昏時，愛貓人士提供的飼料來了，其他貓會趨前，集聚食物堆旁。白足和小黑總是躲在不同的角落觀察。通常，小黑先起身，從隱藏的暗處走向食物。白足仍蹲伏著，似乎要更加確定周遭無人，方要現身。一出來，也不急著吃，而是先出爪警告。

教訓要找適合的對象，才能很快穩固既有的地位。這是當地方角頭的必要策略。小黑一樣跑單幫，早已順從牠，知道吃食的秩序。黃耳仍在照顧幼貓小葫蘆，必須尊重。小雲朵長大了，應該給予一些教訓，因而成為首要目標。

只要小雲朵靠近裝食物的淺盤，白足就無端地發動攻擊。三四回後，小雲朵看到白足即

小黑的一雙黃眼很有特色，另一隻黑貓則是藍眼。

不寒而慄，清楚知道誰是此地的老大。進食前都要確定，白足是否出沒周遭，再小心地吃。

白足不只統領一〇八巷，遠到另一頭的駕駛訓練班依然強勢。黃昏時，一間土地公廟旁常有人放置飼料，約莫四五隻街貓在那兒活動。牠們同樣害怕白足，總要確定白足不在，才敢安心進食。若有白足蹲伏，都各自小心翼翼地靠近淺盤，生怕白足從背後突然現身。

有陣子，當地餵貓食物的女士看到我在觀察，特別過來抱怨。她不喜歡白足，懷疑是某家飼養的家貓，吃飽飯沒事跑來搗蛋。她想從我這兒確定白足的由來，甚而揣測我是飼養者，準備跟里長或派出所抗議。我很難簡單解釋，自己那套跑單幫和集團的觀察經驗，只能一問三不知。

白足來去的領域，或許沒一條龍在嶺大的面積廣闊，但地形比較複雜。公寓大樓櫛比鱗次，巷弄多歧而窄小。一條龍橫越草原，猶若獅子。白足比較像老虎穿梭叢林，更加謹慎地觀看周遭。

同樣是地方霸主，一條龍是鄉野角頭，海派瀟灑。白足是城市流氓，甚怕被僭越。當牠出手教訓其他街貓，看似臨時起意，我卻隱隱感覺，每一動作都有具體的算計，絕非像一條龍的隨興。

小黑的領域沒白足的寬廣，只集中在鐵皮屋區，偶爾在墓園上的榕樹活動，或爬上屋頂，

白足是捷運辛亥站附近的街貓老大。

跟其他貓碰頭。我們看到街貓悠閒地慢行，或者站立屋頂遠眺，大概就是這等孤單形容，卻也從容。牠有一對炯亮的黃眼。接近山腳，有隻黑貓從小到大始終是藍眼睛，也常躍上屋頂。

有時看到白足穿越公寓大樓，竟有些許忙碌的悲涼。都市不斷變更的社區地景，儼然如森林裡看到一棵棵樹木被砍伐。在這樣惡劣的環境改變下，街貓往往失去生存的機會。快速更迭興起的建物如猛獸，不論街貓再如何熟悉繁複的家園，那橫越常充滿危險和驚悚，隨時會被吞噬。

跑單幫的街貓領域雖大，每一個地方的滯留也不長。白足都在黃昏時抵達一〇八巷，多數時間蹲伏在另一個空闊的荒野位置。一〇八巷的食物最穩定，但通往汽車駕訓班的巷弄變化很大，牠不斷改道，難免會和其他貓狗遭遇，發生追逐和打架。

等到一〇八巷改建，黃耳母子消失了，食物愈來愈少時，牠和小黑都放棄前來。此後，我未再邂逅，以為牠們都已身亡。

過了一陣，心情恢復平常。每回經過巷口，總不免轉頭探看，有時還會從另一條巷弄踅進，但都不是在尋找牠們。而是隨便走逛，看看有無其他福州貓出現，成為此地的新住民。

兩年後巷口的舊房重建完工。有天黃昏經過，無意間轉頭探看，赫然發現牠和小黑佇立巷口。不知為何，少有往來的牠們竟同時現身，似乎彼此有一約定，怎知又意外地遇見我。

小黑是一隻母貓。

小黑賴在鐵皮屋頂。

小黑和小雲朵（後）和平相處。

我異常振奮，親切地喊了一聲。牠們似乎熟悉了這聲音，從不同的位置走向我。但仍有遠近之分。小黑彷彿先前的黃耳母子，大膽地靠近。過去牠很少這樣挨近，總是保持一個距離。這一回或許是許久未見面了，因而靠得甚近，大概也想看清，發出熟稔聲音的人是誰。

白足何嘗不是。牠也不像過往的疑懼，轉而主動地跑出，罕見地高豎尾巴。站在我的前方二公尺處。我從未和牠保持這麼短的距離，以前總是四五公尺遠，蹲伏著，保持一個隨時可以躍起遠離的姿勢。那距離和姿勢都充滿陌生的敵意。

但今天明顯不一樣了，因為這意外的邂逅，展現了不曾有過的善意。我走過去跟牠們打招呼。白足雖有警戒，明顯比以往任何時候都還願意接納我。小黑更不用說，彷彿狐狸遇見小王子般，帶著曖昧的絮語，一直對我豎耳喵喵叫。那不只是要食物，好像也在問候我，還好嗎。

兩年了，牠們竟能在這一不斷興建，髒汙雜亂的環境中存活下來，委實不易。可是過了這一天，接下的時日，我又未再過看到牠們。只遠遠地看到鐵皮屋頂上有隻黑貓，繼續趴躺著，應該是那隻藍眼睛的。白足更是一點蹤影都未發現。

但兩年來，周遭環境惡劣變化下都能度過。接下來的日子，牠們應該還能怡然存活吧。我樂觀地想像著，期待有一天，繼續在巷口再度撞見。

兩年後意外重逢，小黑和白足比以往任何時候都接近我。

白足

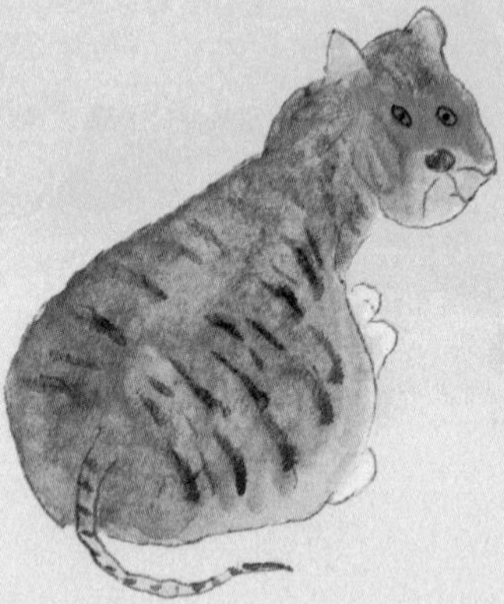

像霧的到來
保持距離
以一隻特稀有動物存在的尊嚴
讓人震懾

小黑

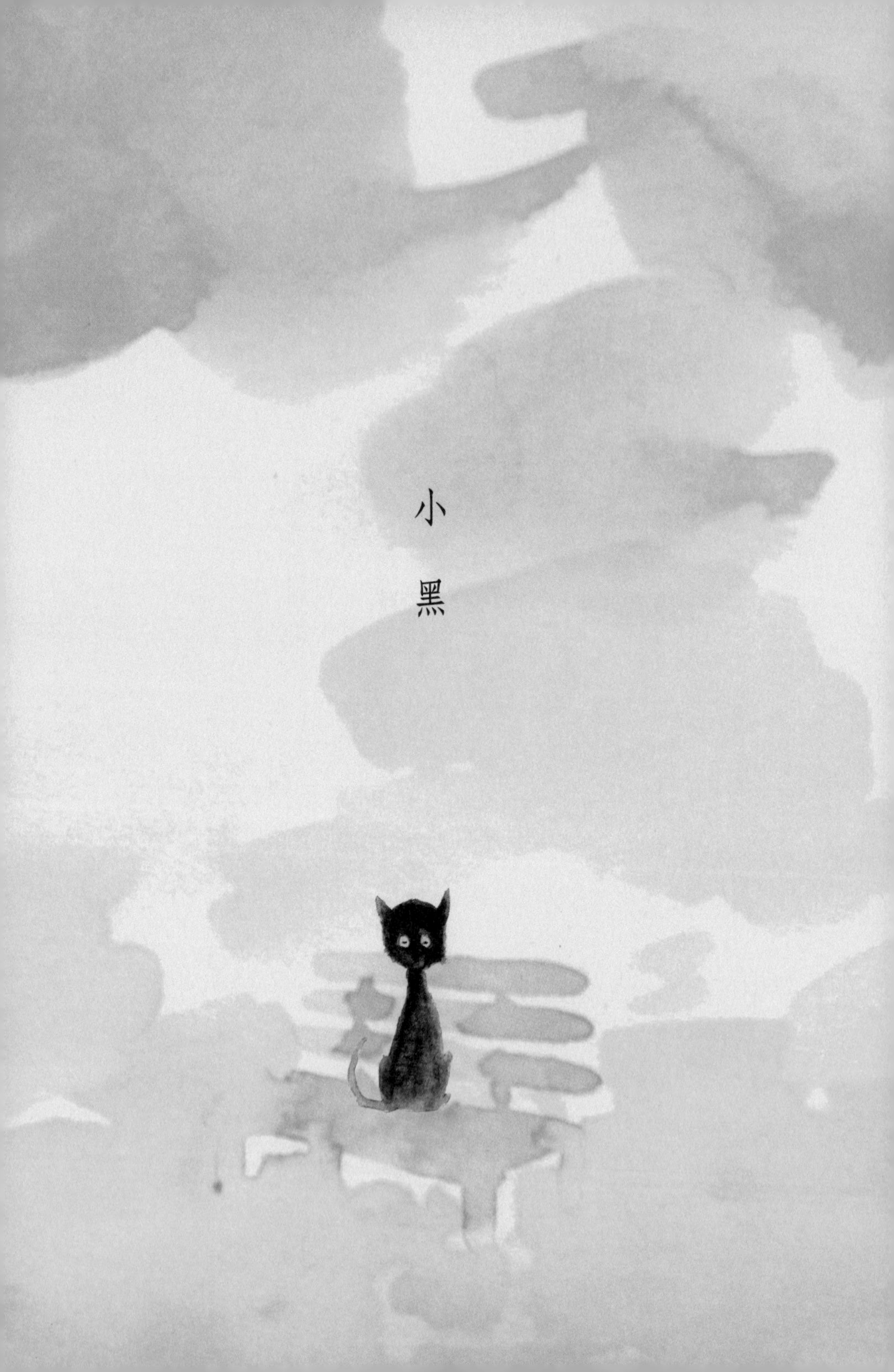

天氣陰涼下
在某一城市的屋頂
牠總是扮演
孤單的提琴手
徜徉在雲端的詩人

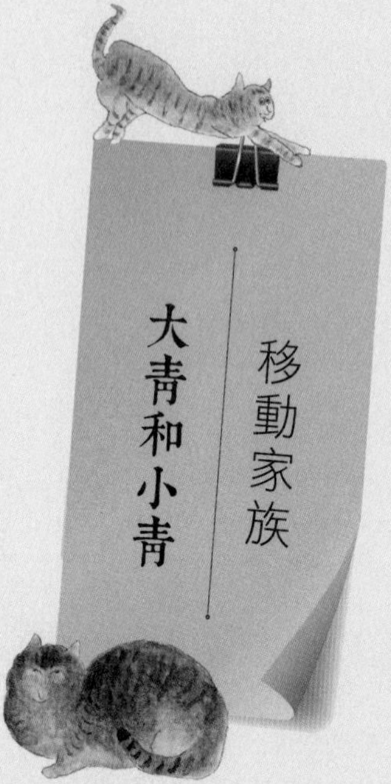

移動家族

大青和小青

再次遇到大青，竟然是從捷運站月台眺望時。那天剛回到辛亥站，從車廂出來後，我習慣從此三四樓高度的位置，俯瞰下方的鐵皮屋村落，還有遠方的福州山。

福州山山坡過往是墓園區，目前逐區徵收，漸次恢復為樹林的樣貌。下方的鐵皮屋則呈現凌亂錯落的樣式，巷弄又曲折不一，遂偎集出一隨便拼湊的聚落之難看形容。彷彿一個大颱風到來，輕易即吹垮。

平常走出車廂，我習慣先遠望福州山。緊接著，往下搜巡聚落的鐵皮屋頂。過往的經驗裡，連綿雨後突然放晴，或者陰天時，屋頂上最常看到貓隻現身，各自在不同的屋頂上趴臥，舔毛或閉目休息。偶爾還會有三兩隻碰頭，好像鄉下老人出來透氣，一起並躺，便有一美好

一有風吹草動，大青便有所警戒。

的情景。

此時，一處屋簷下的冷氣機隙縫，正巧有隻虎斑貓從那兒現身，跳到下方另一間房子的屋頂上。這一跳落約莫三公尺，對一隻貓根本是輕而易舉的事，我因而未特別感到驚奇。只是許久未在屋頂看到福州貓活動，尤其是秋初的早晨。更何況，這隻叫大青的虎斑貓多時未現蹤影，我因而繼續站在那裡觀望。

屋頂不是街貓必經的重要路徑，多半是閒閒無事做的徜徉之地。貓會出現在那裡，往往不是為了覓食，更不是在尋找藥草，而是處於某一生活滿足的狀態，彷彿在放空自己。

基本上，悠閒出現屋頂的，都是在地已熟識環境的街貓，站在那兒居高臨下，常有俯視家園的情境。那時多半是清早或黃昏，陽光薄弱時。牠們時而在屋頂翻滾、搔癢，梳理皮毛，或者跟其他同時出現的街貓一起並躺、舔毛，或互相以爪子輕輕戲弄對方。

一隻貓出現屋頂，更意味著牠處於健康狀態，暫時不想面對任何問題。牠爬上這裡，放鬆自己，暫時擱置覓食、交配等日常生活的固定事宜。屋頂彷彿涼亭，具有望遠、觀高等安全情境，但特別容易感受孤獨。貓上了屋頂，就是詩人。

大青的縱跳當然引發我的駐足。牠跳下後，走了一段距離，隨即在一個角落梳理身子。然後抬頭回望，一直瞧著冷氣機的方向。

我正困惑此一細微動作。緊接著，又有狀況發生。一隻小貓從剛剛大青縱跳下來的位置滑落下來。那兒有一道明顯的孔隙，貓剛好可以探出頭。那隻小貓翻滾得相當狼狽，甚而帶點驚恐。從三公尺左右的高度這樣降落，居然毫髮未傷，頗教人驚奇。小貓發現自己安然下來後，興沖沖地走到大青那兒，色澤和大青近似，看來是一對母子。

沒想到，消失許久的大青，竟然是躲到這兒生小貓。剛剛牠明顯地在觀望，看看小貓敢不敢下來。但只有一隻嗎？

當然不是，沒過兩三分鐘，又有一隻，比剛才更加笨拙地摔落，且發出更大的碰撞聲。原來，牠害怕直接跳下，用爪子緊抓牆壁的突出物，試著慢慢滑落。但牆壁過度垂直，沒有突出物可以穩穩攀住，這個意圖自然失敗。

第二隻小貓出現後，我隨即敏感地研判，眼前正在發生母貓帶小貓的搬遷事宜。

一般母貓生小貓都會自行躲到隱密的空間，生怕被任何人或動物發現。一旦被干擾，隨即會遷離。直到小貓餵育長大，可以自行走動時，母貓才會帶領牠們離開隱蔽的照顧之地。

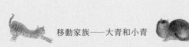

這一離家的移動，往往也不會再回到出生之地，而是轉移到另一合適的環境。可能是母貓原先生活的地方，或者是一處新家園。

我大膽揣想，大青正在帶小貓們離開出生之窩。以前我見過兩三回，但都是輕鬆地從地洞鑽出，或者自類似的隱密處現身。像眼前這樣，從高空重重跳降，還是第一回。

看來大青選擇了一個相當嚴苛的環境。但這一高度，也讓餵哺期間的小貓有更安全的生長空間，只是離開時，挑戰就殘酷了。小貓面臨極端危險的處境，牠們只有一次降落的機會，才能繼續展開接續的旅程。若是失敗，可能會摔斷筋骨，甚至墜死在屋簷。牠們的初次，說不定就是最後一次。

我看得觸目驚心，但只有兩隻小貓嗎？正忖度時，只見又有一隻慌亂地滾落。這隻或許摔得太重，呆愣在原地許久，似乎暫時失去記憶。好不容易清醒了，再踉蹌地走到大青那兒。

此時，冷氣機隙縫還有一隻露出頭來，正伸頭往下猶疑地眺望，充滿害怕的表情。怎麼辦呢？其他小貓都勇敢地往下跳了，牠若不嘗試，可能就無法跟上即將離開的隊伍。大青已經停止舔理皮毛，作勢即將離開。那等情形更告知，牠絕不可能回來幫忙。我擔心這會是唯一出狀況的小貓。最後，大青抬頭了，平靜地望向冷氣機，好像給牠最後一次機會。

小貓清楚知道事不宜遲，母親不會等待的。牠一直害怕地往下探望，終於鼓足勇氣，準備跳下時，前腳又緊張地勾住窗口，結果跟剛剛那隻一樣困窘。支撐沒多久，隨即滑落。這次掉下的撞擊聲又比先前更加巨大，直覺是狼狽地重摔。

我心裡大喊完了。怎知，過了一陣，牠還是能顫抖起身，只是一隻後腿好像有些扭傷，

大青的孩子中，小青是我唯一近距離記錄到的小貓。

一瘸一拐地走向大青，跟其他兄妹聚在一起。這一連續的畫面，讓我聯想起白額黑雁，在近北極圈崖壁的繁殖。成鳥在崖下等待，讓幼雛跳下萬丈深崖，一路碰撞岩礁、石塊，再翻滾下來。當然以此對照幼貓的縱跳而下，簡直是小巫見大巫，但還是教人驚心。

緊接著，全家出發了。大青鑽入一戶人家的屋頂，其他小貓也陸續跟進，後腿有些受傷的那隻，一樣緊跟在最後。牠們開始探看這個危險而新奇的世界。接著會是怎樣的旅途，又會在哪落腳呢？真巴不得化身為其中之一，參與貓媽媽大青擇選的行程。

鐵皮屋村落，雖說封閉而安全地位處於福州山山腳，但畢竟是木材作業區，巷弄不時有狗群蹓躂，或有汽機車闖入。包括來自山區不易預測的野生動物，飽含各種危險。小貓是否能安然長大，委實難以預料。

無奈的是，我和這支家族也僅僅這回遇見。後來幾次到那兒尋找，或者觀看屋頂時，並未發現任何蹤影。直到十來天後，才在一〇八巷後頭的小廣場再度遇到。只是這時，大青身旁只剩一隻。

到底這些日子發生何事，為何僅剩下一隻，我無從推測，只能以自己的經驗判斷，一隻街貓要在城市巷弄飼養孩子相當困難。我最常看到母貓帶領一隻幼貓的狀況。街貓的生活環境，在城市大抵惡劣，大概只有照顧一隻的能力。大黃如此帶領小雲朵，或者後來照顧小葫

雖然沒有手足同樂，小青自己也有得玩。

蘆都是這等狀況，大青亦如此。

大青帶著一隻瘦小纖弱的小貓正在休息。我取名小青。牠們距黃耳母子的位置不遠，在這兒遇到了一位定期餵養的阿婆。有此食物的提供，當然就不會離開了。

大青的乳頭露出好些，仍然有兩處呈現紅腫之樣，顯見至少還有另一隻，但我怎麼找都未看到。僅存的這隻，色澤跟大青一樣，正在認真地玩耍。這十來天的旅程裡，牠的兄弟姊妹可能逐一消失，但牠很幸運地學會了玩耍，十足展現小貓的性格。

阿婆看到我出現，關切地探問我在做什麼？我告知自己很關心這隻貓。她給了我這樣的答覆，這隻母貓已經來了六七天，當時還有兩隻小貓跟著，現在僅剩下一隻。她偶爾會給些食物。

大青母子很機警，明顯地跟人保持距離。小青已能吃其他食物，吃飽後，一定跟大青緊密地互動。

我遠遠地眺望，只見大青蹲著，小青不斷往上跳，試圖撲捉母親的臉頰。大青有時也會斜躺下來，佯裝受傷或不支倒地，誘引小青來撲追，彷彿攻擊小動物。大青當然是以此遊戲引導小青成長。小青可是玩得很認真，努力地抓咬母親。大青不以為意，更常以尾巴喬扮某些動物，誘引小青捕捉。小青常追得氣呼呼，累到趴在地面不起。等恢復體力，又繼續追擊。

遠眺時，我看到這樣四下無人的遊戲，快樂地演出。當我接近時，這一遊戲便結束。牠們審慎地防範我，躲到車子底下觀察。周遭一棵樹下有一只淺盤和水杯，大概是附近住民提供的。

觀察約莫一星期，大青和小青也消失了。原因為何？我也說不清楚，應當都跟附近的修屋工程有關。不遠的捷運旁正在興蓋大樓，一〇八巷也在整修，環境變化太大，巷弄間常有汙濁空氣，連人都無法忍受，何況是街貓。

黃耳母子逐一消失時，這兒也跟進。沒人知道原因，也沒人在乎。只有我的好奇和無奈成為疏離的關懷。

我仍然繼續搭乘捷運，由此站出入，依舊會往下眺望鐵皮屋村落，懷念這群福州貓。若看到鐵皮屋上有貓，當然會想起大青從這兒出發，帶著四隻小貓，開始探索世界的旅程。

但更多時候，我會抬頭眺望。思念翻過福州山，想到另一個遙遠的地域。香港的虎地貓們，不知牠們是否依舊，繼續半野半家的生活？

這是我最後見到的大青和小青，小青長大了一些，不再乾巴巴。

大青和小青

當小青從屋頂跳落
大青的照顧任務已完成大半
但接下來的生活
或許才是最艱苦的旅程

虎地貓

□
著者
劉克襄

□
出版
中華書局（香港）有限公司
香港北角英皇道 499 號北角工業大廈一樓 B
電話：（852）2137 2338　傳真：（852）2713 8202
電子郵件：info@chunghwabook.com.hk
網址：http://www.chunghwabook.com.hk

□
發行
香港聯合書刊物流有限公司
香港新界大埔汀麗路 36 號
中華商務印刷大廈 3 字樓
電話：（852）2150 2100　傳真：（852）2407 3062
電子郵件：info@suplogistics.com.hk

□
版次
2016 年 7 月初版

□
規格
32 開（210 mm × 148 mm）
Printed in Taiwan

□
ISBN：978-988-8420-15-5

本書由台灣遠流出版公司授權中華書局（香港）有限公司
在香港及澳門地區出版發行